LLIBRES Del
DELICTE
2013 - 2023

Emma Mussoll

# El forat que deixes

LLIBRES Del DELICTE
2013 - 2023

Primera edició: març 2023



Il·lustració de coberta: Àlex Santaló
Correccions: Irene Solanich
Maquetació: Ramona Solé

Llibres del Delicte
info@llibresdeldelicte.com
www.llibresdeldelicte.com

ISBN: 978-84-19415-10-3

Imprès a Catalunya per DC Plus Serveis Editorials



*Aquest llibre ha estat imprès amb paper neutre de noranta grams*
*i ha sigut compaginat amb la tipografia Baskerville Old Face en cos 13.*

Al Frank,
per ser el meu tot
i per creure en mi i en la història
quan tot plegat només era un forat negre.

*«The most important things*
*are the hardest to say.»*
STEPHEN KING

# 1

—Senyora Duran, necessito fer-li unes preguntes. Quan s'hi vegi amb cor, eh?

Abaixo la mirada i faig un glop de la camamilla que m'acaben de preparar. Està bullint, però no m'importa. En realitat vull escaldar-me la llengua i que el líquid daurat em vagi fonent per dins, com desfà la lava tot el que es troba al seu pas. Tot.

Una forma de castigar-me pel que ha passat.

*En el pecat trobaràs el càstig,*
*t'escarmentarà la teva pròpia*
*deserció,*

Jeremies 2:19

Però Nostre Senyor ja m'havia escarmentat per haver fallat als meus deures com a cristiana. La Jana. I si ella va ser el nostre càstig diví, fet persona? Precisament va ser en pecat com vam engendrar-la. Ningú ho sabia: ens vam casar a correcuita quan encara no se'm notava la panxa. I com que la Jana va néixer ben petita ja s'ho van creure tots, que era setmesona. Ara bé, a Nostre Senyor ningú l'enganya. «En el pecat trobaràs el càstig». Potser sense ser-ne conscient feia quinze anys que ho pagava. Per això em va ser impossible d'encarrilar la Jana: era lliure i indomable.

Ella era el meu càstig.

—Senyor agent —reclamo la seva atenció—, quan vulgui...

L'agent Delgado s'acosta al furgó on estic asseguda, obre una llibreta d'espiral i mira amunt, cap a l'habitació de la meva filla. El llum és encès. S'està fent fosc.

—Podria descriure'm què ha vist només arribar? —pronuncia amb molta cura.

—Venia de passar la nit amb la veïna, que està malalta... —Se'm trenca la veu.— I, a les vuit, com faig sempre, he anat a despertar la Jana... —Sospiro.— Recordo que un fort baf de gas m'ha impregnat l'olfacte quan he obert la porta de la seva habitació.

# 2

Pam. Li he fotut un bon cop a la porta de l'habitació. Si volia passar desapercebuda i que la mare no em molestés, l'he ben cagada. Perquè no trigarà a venir a veure què em passa. I pressento que me'n deixarà anar alguna de les seves, potser la seva preferida: «L'home que està irritat no obra segons la justícia de Déu», Jaume 1:20.

Doncs, què vols que digui, la ira que sento sí que obra en justícia meva. M'acaben d'esmicolar per dins: m'han agafat el cor i l'han esprémut fins a deixar-lo sec com una pansa. Buit, inútil. Potser no tornarà a bategar mai més, no com ho feia: ni amb la mateixa intensitat, i encara menys amb la mateixa ceguera.

–Jana?

Massa tard. La mare ja és a l'altra banda de la porta. No tinc temps de córrer fins al primer caixó de la calaixera, recollir la clau i tancar-me per dins. Des de terra pressiono la porta amb l'esquena perquè no pugui obrir-la. No vull que em vegi així. Sé que, després de parlar-me de Déu, em dirà que ja m'havia avisat, que els homes no són de fiar. Qui no és de fiar és ella. Parla des de la rancúnia: el pare la va deixar, *ens* va deixar a totes dues, però per culpa seva. Se'n va cansar.

Què n'ha de saber ella, de l'amor? Si fa més de nou anys que està sola.

I jo? Què en sé jo, de l'amor?

—Has tornat a tenir problemes a classe? —em pregunta inquieta a través de la porta, mentre força el pom per mirar d'entrar.

Jo faig pressió amb les cames i contrapès amb l'esquena. No la deixaré passar.

—Ai, mama. Deixa'm, vull estar sola.

—Jana, estàs bé?

—Sí —menteixo.

—Si t'han tornat a fer res aquells nois...

—No, no ha passat res a classe.

I aquí sí que dic la veritat. Aquest cop, la ràbia que sento no té res a veure amb els companys de classe. Si estic feta pols, és perquè l'Àlex ja no vol estar amb mi.

*Confonc ser i tenir.*
*Tenir i ser.*
*Només, si et tinc, soc.*
*Fa temps, vaig deixar de saber qui soc*
*i per això ja no et tinc.*

—Filla, me'n vaig a casa l'Asunción que...

—Fes el que vulguis —dic—. Què no entens de *vull estar sola*?

—Ai, quin humor que tens sempre. T'ho dic perquè avui tampoc dormiré a casa. No crec que li quedin gaires dies a la pobra...

—Molt bé. Adeu —la tallo.

—No sé què fer amb tu —gruny, molesta—. Tens el sopar a taula.

I se'n va.

Em trec amb desídia el gorro de llana del cap, el rebrego amb les dues mans fins a fer-ne un monyó i l'estrenyo fort contra el meu pit.

Jo tampoc sé què fer-ne de mi. Ni tampoc sé com me'n sortiré sense l'Àlex. Ja ni recordo com era abans de conèixer-lo. El que sí que recordo —i m'aterreix— és com em veien els altres, llavors. Encara sento les seves mirades al clatell, les notava a totes hores. El seu xiuxiueig d'escarni.

*Em travessava la pell.*
*Se'm colava dins.*
*I em fonia. Em desfeia,*
*com si mai hagués estat feta.*
*Com si mai hagués estat sencera.*
*Qui voldria algú així a prop?*

*Pell tova, permeable,*
*deteriorada pel temporal.*

Per sort, un dia l'Àlex va aparèixer a la meva vida i aquesta va fer un gir de cent vuitanta graus. Qui m'assegura ara que sense ell no tornaré a convertir-me un altre cop en el centre de totes les bromes.

*I em travessaran de nou la pell...*

«Àlex, no em deixis», li envio per WhatsApp. I em rebaixo. «Sento haver dubtat de tu», afegeixo, humiliant-me una mica més, si és possible. Necessito que torni amb mi, despertar i adonar-me que tot plegat ha estat un malson. Que en realitat tenim vint-i-tres anys i estem pintant les parets del nostre primer pis o que en tenim trenta-dos i esperem emocionats el nostre primer fill.

Però les llàgrimes que em ragen per les galtes no són cap fantasia: són ben reals, i ben amargues. Pesen per la gravetat i sobretot pel dolor que carreguen. Em pessigo. I asseguro que no, no estic dormint. Estic ben desperta, i ben feta pols.

Pip-pip.

Un missatge. La nostra reconciliació?

Un dels seus poemes?

Un «tstimu» que com més mal escrit més valor pren?

Obro l'aplicació. És l'Àlex, però aquest Àlex té ben poc de qui jo creia conèixer. És la versió evolucionada del cabró sense sentiments que m'ha deixat tot just fa mitja hora. La primera paraula ho deixa ben clar: «Jana». No fa servir «carinyo», ni «guapa», sinó «Jana». Quatre lletres que preludien el pitjor dels escenaris. Puc imaginar-me fins i tot el to de veu amb què ho pronuncia. Ben fred, ben distant. Ben acabat.

«Jana, no tornaré amb tu. No podem continuar junts. Ens fem massa mal. Ho sento».

Llanço el mòbil contra la paret i s'esmicola en tants trossets com l'òrgan que tot just ha deixat de bategar-me dins del pit. No sento res, només silenci i més silenci.

Llavors, tot d'una, alguna cosa ben endins se'm remou i crido amb totes les meves forces. Que algú em rescati: m'enfonso, m'ofego i no veig cap vaixell vorejant la costa. Ningú capaç de llançar-me una corda salvavides.

Però de què m'han de rescatar? Potser no soc jo qui ha de ser salvada, sinó de qui han de salvar-se. L'Àlex em defuig per por que li faci mal. Mal? Si tot el que faig, *tot* el que he fet sempre és preocupar-me per ell.

Potser el que m'ha dit només és una excusa per desfer-se de mi i tenir via lliure per anar-se'n amb la Núria. Que per molt que ho negui sé que hi ha –i sempre hi ha hagut– alguna cosa entre ells dos. Que no estic boja, *joder*!

*Quan la miraves (a ella),*
*un cuc se'm movia per les tripes.*
*S'alimentava del meu dolor.*
*I se m'enfilava fins al cervell.*
*Després, m'agafaves de la mà*
*i tota jo feia la metamorfosi.*
*Em sentia papallona.*
*Però en arribar a casa*
*havia d'obrir-me el pit*
*per extreure'm el cuc mort.*

Bramo des de les profunditats un crit carregat de fúria. Però no sé si em surt la veu o si se sent un gemec sord, mut, sense vida. Ja podria acabar tot això ara mateix.

# 3

—Ara mateix no sé dir-li què vaig veure primer...

L'agent Delgado, de constitució felina i ben poca pinta de policia, va prenent nota en la llibreta de tot el que dic. Belluga el bolígraf gairebé sense fer soroll —en això també em recorda a un gat—, i no aixeca el cap, suposo que per deixar-me certa intimitat.

—L'habitació estava desmuntada —continuo jo—: semblava un autèntic camp de batalla.

Llavors deixa d'escriure i em mira.

—Pel que diu, entenc que acostuma a estar més endreçada, no?

—Més, no; del tot. Mai ha estat l'habitació bruta d'una adolescent. Només quan volia castigar-me. I, per un moment, he pensat que avui era una d'aquelles vegades.

Ja podria haver-ho estat, penso. L'hauria renyat, ella m'hauria demanat disculpes i jo les hi hauria fet suplicar a Nostre Senyor, que és qui realment té el poder de redimir-nos. De fet, estava convençuda que a poc a poc ell li havia anat perdonant les ofenses i l'havia alliberat del pecat. També és cert que no hi havia manera que deixés de cometre'n, d'ofenses. Per això, cada nit, abans d'anar-me'n a dormir i només aixecar-me resava per la seva ànima, suposo que en el fons, ben endins, sabia que hi havia alguna cosa en la Jana que no estava bé. Encara em posa la pell de gallina el record de la mirada penetrant que em va propinar el dia que el seu pare va marxar.

Les pupil·les, completament dilatades, semblaven dues bales fosques com la nit. Tenebroses. Estava segura d'haver vist aquells ulls abans. Dos pous espessos d'odi i maldat. Cadavèrics, alhora que vivents. Obscurs, amenaçadors, inconfusibles, calcats als retratats en tantes i tantes imatges bíbliques. Tot i que era la meva filla qui em mirava aquella nit, els ulls no eren pas seus: juro que aquells ulls eren del mateix Satanàs!

—Senyora Duran? Està bé?

—Em pot dir Lídia.

Reconnecto amb la realitat, una realitat que només aterrar-hi de nou m'embriaga com si se m'hagués escolat ben bé sota la pell, i em foradés de mica en mica el fetge. I és que és molt dur adonar-me que he fracassat de forma estrepitosa en les dues úniques tasques que Nostre Senyor em va encomanar: vaig fallar primer com a esposa i ara també com a mare.

# 4

—Mare?

Em desperta un cop.

Desconec l'hora que deu ser. Només sé que és fosc. Negra nit.

Em sento desorientada. Em costa fins i tot reconèixer on soc.

Els ulls inflats se'm tanquen sols, però sembla que estic desperta.

Forço la vista tant com puc; necessito situar-me. Per sort la mirada a poc a poc es va enfocant. Es defineix l'estructura metàl·lica del llit i, darrere, les cortines estampades que algun dia cremaré.

Tinc la templa recolzada sobre la moqueta. M'he quedat adormida a terra, ben bé a tocar de l'entrada de l'habitació. I com si la foscor m'aguditzés la resta de sentits, noto la paret freda abraçant-me l'esquena. I penso en la porta. L'últim que recordo és que m'hi vaig recolzar per protegir-la. Per protegir l'accés al meu refugi. Aquí és l'únic lloc on puc ser jo mateixa, quan la resta del món conspira contra meu. On em puc deixar anar i mostrar-me tan fràgil com vulgui.

*Tan desesperada.*
*Tan erràtica.*
*Tan trencada.*
*Tan JO.*

De cop, sento un cruixit. Sembla que prové del menjador.

—Ma...? —Deixo la paraula a mitges.

I si es tracta d'algú altre?

Se m'eriça la pell. Immòbil, encara a terra, aguanto fins i tot la respiració durant un parell de segons per fer silenci absolut, com si així pogués fer-me transparent. Fondre'm. M'esforço a fer callar també els meus pensaments. I quan per fi aconsegueixo emmudir-los, obro bé les orelles. Però per molta atenció que pari no sento res. Res que em pugui fer creure que hi ha algú més a casa. Ni tan sols la mare.

Diuen que els sorolls dels somnis a vegades poden semblar reals. Això, o que les cases cruixen de tant en tant, com les articulacions.

Trec la mà dreta de sota el maluc. I en moc el canell. L'he ben aixafat adormint-m'hi al damunt. L'obligo a bellugar-se. I no m'aturo fins que el canell no peta. Un clec greu com el que m'ha despertat.

Miro d'incorporar-me per anar-me'n al llit. El

cos derrotat em pesa. Massa. Estic morta de cansament. Sembla haver-me passat un tanc per sobre; un bon tanc d'humiliació que m'ha trencat els ossos i m'ha rebentat. Em sento tota jo en carn viva. Exposada. Com un monstre fet d'entranyes. Pudenta i grotescament ridícula.

Alço el braç gairebé en un acte reflex a la cerca del pom de la porta, per recolzar-m'hi i poder aixecar el sac d'ossos que avui em resulta tan i tan feixuc. Però el pom sembla que juga a fet i amagar. Un altre que m'evita. Un altre que se'n fot de mi.

Culpo al cansament de la meva falta de punteria. I, indirectament, em culpo a mi; com faig sempre.

*Soc carn de canó de tots els trets.*
*També dels meus.*
*Sobretot dels meus.*

Encara d'esquena insisteixo un cop més: elevo el braç ara més amunt per sobre del cap. Continuo sense trobar el maleït pom. Em giro emprenyada i llavors entenc què passa: el pom no hi és.

Ni el pom, ni la porta.

Hòstia puta.

No veig ni rastre del forat que he travessat fa una estona. Allà on hi hauria d'haver el bloc de fusta, ara només hi ha el paper de la paret: un mar de flors blanques, infinites...

M'aixeco de cop i miro l'envà. Necessito que el tacte descarti el que em confirma la vista. Allargo la mà, tremolosa, i la col·loco sobre el mur. Però de seguida l'aparto, com si cremés. M'acaricio amb el dit gros totes les gemmes de la mà, tractant de diagnosticar què m'ha passat, i adverteixo que els dits estan intactes. Compungits, però intactes. No m'he cremat, sembla.

Em deuen haver punxat les roses fictícies de la paret, potser. Les seves espines.

*Pessiguen. Piquen. M'injecten verí.*
*M'obro pas en un camp d'espigues.*
*Però les espines em frenen. M'aturen.*
*Et veig. Soc a tocar de tu i, en canvi,*
*te'm fan inaccessible. Així som tu i jo.*

Torno a acostar la mà dreta al mur, aquesta vegada amb més seguretat. I separo els dits per poder abastar més superfície. Llavors una esgarrifança em recorre el cos, des dels peus fins a la punta dels dits de la mà. La retiro de la paret; tanmateix, m'hi quedo encantada, mirant-la.

Incrèdula.

Alarmada.

La paret m'ha semblat ben llisa, també al tacte.

És com si allà mai hi hagués hagut una porta. Però sí que hi era.

(Oi?)

Petits passets enrere em separen del mur. Tremolo. Em sento desorientada, marejada. Cada pas és més inestable que l'anterior. Temo que pugui caure, així que, quan arribo a la barra metàl·lica dels peus del llit, m'hi recolzo. L'estrenyo ben fort. I torno a dirigir la mirada cap a la paret sense porta. Faig un gir lent de tres-cents seixanta graus per revisar la resta de parets, sense deixar-me anar de la barra del llit; aguanta la poca estabilitat que em queda, i sembla que és l'únic que em lliga a la realitat.

Continuo girant sobre els peus i em fixo, primer, en la paret de la dreta. Està ben ocupada de mobles: l'armari blanc tan desgastat que sembla recobert d'arrugues, la calaixera de tres pisos amb un pom desconjuntat, i al damunt, el mirall vertical que ja venia amb la casa i que la mare sempre diu que ens va costar tant fer-lo net. No hi ha lloc per a cap porta aquí. I encara menys al mur de la finestra: allà hi pengen les cortines odioses, un parell d'estanteries plenes de llibres a cada costat —una d'elles amb una garlanda de llumetes de roba que brilla tant com el primer dia– i una canonada estreta de gas que s'enfila paret amunt fent cantonada amb el tercer envà, on es recolza el capçal de barres metàl·liques del llit i la tauleta de fusta on tinc un ràdio-despertador i la làmpada que faig servir per llegir. Ni rastre de la porta per aquí tampoc.

No sé què faig buscant-la on no toca. Tot té un lloc fix a l'habitació.

La porta sempre ha estat a la paret de l'escriptori. A mà dreta.

I, en canvi ara, sense saber com ni per què, ha desaparegut.

# 5

—El pare ha desaparegut —se'm va ocórrer dir-li a la meva filla.

—Igual que la meva dent de sota del coixí?

Em va sorprendre la pregunta, però què podia esperar d'una nena de sis anys?

No sabia com fer-li entendre el que havia passat, així que li vaig dir que sí. I no va ser fins al cap d'uns dies que vaig comprendre que m'havia equivocat. Ja era massa tard per desdir-me'n. Massa tard per colpejar-la amb la veritat. No podia fer-ho.

No sé si la protegia a ella o en realitat em protegia a mi. Segurament a mi. Però és que necessitava cuidar-me, era urgent fer-ho i suposo que per això em vaig refugiar en la paraula de Déu. Els grups de suport de la parròquia i les pregàries diàries em van acompanyar en el procés de superar la pena que m'oprimia el pit. I esperava també que la fe ajudés la Jana. Volia creure que seria redimida, que la perdonarien pel que *havia fet*.

Ara m'adono que potser vaig ser *jo* qui no la va perdonar mai.

# 6

Mai.

# 7

Perdona'm, filla.

—Senyora Duran, podria continuar explicant-me què va trobar-se?

Alço la vista. L'agent Delgado em mira inquiet, amb el seu parell d'ulls de gat que li fan el nas i la boca ben esquifits. No sé l'estona que deu fer que estic en silenci. Jo i els meus pensaments. Jo i la meva tortura.

—Perdoni.

—No pateixi. Necessita res, senyora?

—Podríem deixar-ho una estona? —li demano.

L'agent tanca la llibreta i em llança una mirada compassiva.

—I tant —diu mentre guarda les quatre notes que ha pres a la butxaca del cinturó de l'uniforme. Tanca la sivella amb un clic que em ressona per dins. I de sobte aquesta tènue dringadissa em recorda al rosari metàl·lic que porto sempre a sobre, al moneder. La germana Dolors em va dir que l'estrenyés cada vegada que pensés en l'Andreu. I jo, després que se n'anés, el vaig fer servir a totes hores. Va ser així com l'hàbit va fer la monja, no pas al revés.

De tant tenir-lo a mà, vaig acabar usant-lo, vaig començar a resar.

L'agent s'allunya de forma pensativa, insegur d'estar fent el que toca: deixar-me sola. Per això només atansar-se a la seva companya d'esquena ampla i cabells panotxa, em mira de reüll. Tots dos ho fan. És més, comencen a parlar. Sembla que parlen de mi; dissimulen de forma espantosa. Pressento que fan més, molt més, que només mirar-me i parlar: diria que analitzen els meus gestos.

No em treuen l'ull de sobre.

Deixo la camamilla gelada sobre el capot del cotxe i busco la cadena dins la bossa. És plena de trastos: els fulls de pregària, les ulleres. I abans d'arribar al moneder toco el mòbil. Sempre el duc en silenci. A vegades fins i tot se'm para sense adonar-me'n. Però el tacte fred del dispositiu estranyament avui em reconforta. El trec corrents.

Té bateria, poca, però la suficient per veure que a la pantalla hi tinc quatre trucades perdudes. Teclejo el codi de desbloqueig: tres, dos, un, zero. I llegeixo: Jana, quatre vegades. Com una gota malaia:

Jana.

Jana.

Jana.

Jana.

El seu crit d'auxili.

M'aixeco entre crits i el got de la camamilla cau a terra. Tots em miren.

–Em... em falta l'aire!

# 8

Em falta l'aire.

Corro cap a la finestra. Aparto les cortines d'una estirada i a l'altre costat em topo amb un marc de fusta semblant al d'un quadre. No hi ha tampoc cap pom per obrir-la.

M'ofego, una bola negra m'obtura la tràquea. Inspiro. Serro les dents i inspiro.

Res.

Llavors m'aferro al marc i el forço. Necessito obrir la finestra. Em sento dins d'una caixa de conserves. Hermètica. Aïllada.

Toco el vidre, fred, gelat. El colpejo i no es trenca. El puto vidre doble que va fer instal·lar la mare per emmudir el soroll dels cotxes em fa sentir dins d'una cambra cuirassada. M'hi acosto i, com més ho faig, més em recorda al llenç d'un quadre pintat de negre. Buit. Fals. Postís.

Potser és que és ben fosc a fora. És dimarts a la nit; tothom dorm. Un dimarts en ple hivern, l'època més fosca.

M'estranya que els fanals del carrer també

descansin. Sembla una broma macabra que a mi no em fa ni puta gràcia, com tampoc me la feia el dia que em van jugar aquella mala passada a l'escola. Quan se'n reien de mi perquè em costava respirar. Quan em faltava l'aire tant com ara.

Em deixo caure a terra, panxa amunt. I provo de fer una inspiració des de les entranyes. Inflo tant la panxa que crido de dolor. I, sí, l'aire entra. M'oxigena. I aguanto la respiració. Sento com l'aire em neteja per dins; em purifica. I la veritat és que ho necessito: estic podrida.

Uns segons més tard, exhalo, molt lentament. L'alè em desinfla. Obro els braços en creu i em decideixo a repetir un cop més el ritual. Llavors la mà dreta impacta contra una peça de damunt la moqueta. L'agafo i me l'acosto: és la bateria del mòbil.

Encara, amb dificultats per respirar, intento incorporar-me. Recullo les peces escampades per terra i provo de muntar el trasto vell que tanta vergonya em fa treure a classe. Però la bateria no encaixa.

*Joder.* Aquesta merda no serveix per a res.

Em tremolen les mans. Em torna a fallar la respiració.

Deixo les peces a terra i em recolzo a la paret.

Un.

*Inspiro.*

Dos.
*Expiro.*
Tres.
*Inspiro.*
Quatre...

# 9

—Quatre trucades, senyor agent. Quatre!

El Delgado em mira, però és la seva companya pèl-roja, l'agent Sánchez, qui m'arrenca el mòbil de les mans i se l'emporta, com si fos una prova.

Em desplomo a terra, amb la bossa encara penjada del braç. I, ara sí, trec el rosari.

—Déu vos salve, Maria, plena de gràcia; el Senyor és amb Vós. Beneïda sou Vós, entre totes les dones, i beneït és el fruit del vostre sant ventre, Jesús. Santa Maria, Mare de Déu, pregueu per nosaltres pecadors, ara i en l'hora de la nostra mort. Amén.

Inspiro i moc el dit cap a la segona boleta metàl·lica.

Expiro. Inspiro. I m'hi torno a posar.

# 10

Torno a recollir les peces del terra. I, ara sí, aconsegueixo fer-les encaixar. Peça a peça vaig muntant el mòbil. Però no és fins que no faig encaixar la bateria que no s'engega.

Musiqueta estúpida.

Fons de pantalla pixelat.

Un bon trasto en blanc i negre. No fos cas... Nosaltres som humils, sempre diu la mare. Déu així ho vol. Però crec que qui realment ho vol és ella. Vol aïllar-me perquè no em torni com la Núria –la meva millor amiga de petites i de qui es diu que corren fotos despullada per internet. Potser d'això intenta protegir-me ella amb un mòbil que no té ni càmera. I que triga més d'un minut a acabar d'engegar-se.

Quan per fi veig el menú d'inici, un missatge d'alerta apareix a la pantalla: falla la cobertura.

Li foto uns quants cops. I aixeco el braç. No funciona.

L'acosto a la finestra. Tampoc.

Passejo per l'habitació. Supuro lava, barrejada amb bilis i fàstic. El nus de la panxa es va fent més i més gran. Aixeco el braç fent d'antena i continuo movent-me. Ara en zig-zag. Ara amunt i avall. Fins que finalment m'enfilo a l'escriptori, per arribar més amunt.

Soc ridícula.

En realitat em mereixo ser on soc. Tinc un *bitxo* dins que em boicoteja i sempre acabo espatllant-ho tot. No em calen pas enemics, així. Tot i que d'aquests tampoc me'n falten. No.

De sobte unes veus trenquen el silenci. Algú s'acosta. Compto un parell de veus: almenys de dos homes. Els sento de lluny, encara. I no sé fins quan hi seran, de lluny.

Engego l'ordinador portàtil tan de pressa com puc. I em connecto a internet.

Funciona.

Entro a Instagram i navego per la meva llista de contactes, però no trobo ningú a qui demanar ajuda. Ningú que m'asseguri que vindria corrents al meu rescat. Ningú que pugui prendre'm seriosament. Estic atrapada a la meva habitació, com una rata en captiveri.

Insisteixo i el cursor s'atura sobre un nom que brilla més que els altres. No és un contacte qualsevol, és l'Àlex Rives. El meu Àlex. Si m'ha salvat una vegada, podria salvar-me'n una altra. És una situació extrema, em convenço, mentre clico a enviar-li un missatge.

No li escriuria per cridar-li l'atenció, com una exnòvia maníaca depressiva. No. És del tot justificable que li escrigui.

Llavors sona un clic i... el murmuri de veus de qui podrien ser els meus segrestadors emmudeix de cop. Es torna a fer silenci.

Corro cap a la finestra. Però a l'altre costat continuo sense veure-hi res. Potser és que han folrat els vidres per fora per aïllar-me completament de l'exterior.

—Auxili! Ajudeu-me! —crido—. Algú... algú em sent?

Colpejo els vidres. Ara, la paret. I, després, torno als vidres.

És inútil. Soc una inútil. I, presa del pànic, em moc per l'habitació, com un cadell degollat. Se'm torna a tapar la gola. I a poc a poc se'm van apagant els llums. M'acosto com puc a l'escriptori i m'assec a la cadira. En realitat m'hi deixo caure i respiro. Des de ben endins. I torno a comptar.

Però em quedo clavada al quatre. I reinicio el compte de nou:

Un.

Dos.

Tres.

M'aturo. La pantalla em tempta. És la fotografia de l'Àlex la que ho fa. I el nostre xat que guarda converses que ja mai més tornarem a tenir. Però el que més em provoca és, sens dubte, el cursor intermitent situat sobre el buit que es reserva per a escriure nous missatges. És com si em cridés síl·laba a síl·laba: es-criu-li, es-criu-li.

Així que acabo cedint i teclejo: «Ajuda'm, estic atrapada a la meva habitació».

Però un cop escrit temo que el missatge pugui sonar a excusa barata. L'esborro i n'escric un de més convincent: «Àlex, m'han segrestat!».

La puta porta no hi és: l'han tapiada, igual que la finestra. I què passa amb les veus que he sentit? No s'haurien pres tantes molèsties si fossin simples lladres i busquessin joies.

Aquests no són dels que fugen. Han vingut per quedar-se. Que ara no els senti no vol dir que hagin marxat. Hauran anat a buscar provisions o el que sigui que fan els segrestadors. O és que potser operen en silenci. En sigil·lós silenci.

M'inquieto i col·loco l'orella a la paret on abans hi havia la porta. I em sembla tornar a sentir alguna cosa a l'altre costat: no són veus, ara, sinó el so d'un motoret encès. Un soroll agut i continu, com una interferència.

Deuen haver creat una sala de control amb aparells i dispositius electrònics!

No sé com demostrar-ho. Però sí que tinc forma de provar que la porta ha estat tapiada. I sense ni pensar-m'ho em llanço contra la paret i començo a rascar el paper de flors amb les ungles. Sento punxades, com si les roses em perforessin l'arrel i les espines se'm clavessin ben endins. En realitat són les ungles les que se'm van trencant a cada incisió, la sang em corre per un parell de dits avall. No em detinc; no fins que no aconsegueixi desenganxar un tros d'empaperat i descobreixi què hi ha a l'altre costat. Rasco i rasco fins que per fi un fragment de paper se'n desprèn. Estiro fort de la pestanya i al darrere no hi trobo guix, com m'esperava, ni tampoc maons mal col·locats. El color és fosc. Gris. Brillant. El toco i no em cal gaire temps per entendre que es tracta de metall.

Continuo rascant per poder ampliar el perímetre. Pelo més enllà de la superfície rectangular que abans ocupava la porta. I continuo per la paret del mirall. Ja gairebé no em queden ungles per arrencar paper dels altres dos murs. Un forat a cada un d'ells em resulta suficient per adonar-me que no només han tapiat la porta, sinó que han blindat l'habitació sencera: totes les parets, totes, estan folrades per plaques metàl·liques.

Els mobles sí que semblen els meus, els de sempre. Em dirigeixo a l'armari: l'obro i una allau de boles d'espuma em cau al damunt. El moble queda completament buit. M'aixeco i corro, confosa, ara cap a les calaixeres i a l'interior tampoc hi trobo res. Han desaparegut les samarretes, els mitjons, les gomes de cabell, fins i tot la clau que tanca l'habitació. No hi ha ni rastre de les meves pertinences. Llavors miro l'estanteria: els llibres sí que hi són. Ara bé, quan començo a fullejar-los m'adono que només conserven la coberta. Són plens de fulles blanques de llibreta per estrenar. Pur attrezzo.

Algú sembla haver recreat la meva habitació. Al mil·límetre. Per retenir-me sense que jo me n'assabentés. Però ho he descobert, els he descobert, i no crec que triguin a adonar-se'n ells també.

M'obligo a aprofitar l'única via de comunicació que m'han deixat amb l'exterior, mentre encara estigui disponible: l'ordinador.

Recupero el xat just en el moment en què l'Àlex està en línia. Té un cercle verd sobre la seva nova imatge de perfil. Ha substituït la que li vaig fer a la muntanya per una d'un indret que no reconec. Porta la mateixa samarreta que duia avui quan m'ha deixat: verda amb la paraula *Happy* brodada al mig del pit. Un missatge que, de cop, deixa de semblar-me aleatori, perquè va a conjunt amb un somriure més aviat exagerat.

Entro al seu perfil i m'hi trobo una actualització de fa tot just un minut. Un company de classe l'ha etiquetat a una foto de grup. Amplio la imatge i els píxels em confirmen el que més em temia: ha continuat amb la seva vida. Jo patint i ell de festa. Jo patint i ell de festa *amb la Núria*. Al seu costat. Ben enganxat a ella. Carn amb carn. Tocant-se. Jo patint i ell abraçat la Núria. Fregant els seus pits, la paraula: *Happy*.

Un calfred em recorre l'esquena. I el despit em fa tornar al nostre xat.

«Ets un porc». Escric. «*Anda* que t'ha faltat temps per anar-te'n amb ella, eh?».

Ho rellegeixo amb els ulls plens de llàgrimes i ho canvio, paraula per paraula, per un «Ves-te'n a la merda!», que representa més com em sento. I, abans de pitjar el botó d'enviar, la vista repassa l'últim missatge del nostre xat i un «tstimu» em punxa el cor. Em torna incapaç de llançar-li cap dard enverinat.

Esborro el text ple d'odi i escric: «Àlex, m'han segrestat. Necessito que m'ajudis». I, quan estic a punt d'enviar-ho, alguna cosa capta la meva atenció. La seva imatge de perfil s'actualitza un cop més. L'amplio i —hòstia— m'adono que es tracta d'un retall de la foto de grup de la festa, concretament, un zoom de la part d'ell i la Núria. De la seva abraçada. Dels rínxols castanys d'ell entortolligats a la cabellera de geisha d'ella.

Dels pectorals d'ell i els pits d'ella acariciant-se en silenci. De la seva relació secreta que, per fi, pot veure la llum: ara que l'Àlex s'ha tret la llosa de sobre, ara que se m'ha tret del damunt, ja poden fer oficial que estan junts. Ben junts.

Tanco el xat, per protegir-me de la imatge de la infàmia, i entro al meu perfil.

Necessito sortir d'aquí i tant m'és qui m'ajudi, mentre algú ho faci.

Col·loco el cursor sobre la icona que té forma de més, selecciono la imatge d'una exclamació vermella que em vaig descarregar fa uns dies per un projecte de plàstica i em decideixo a escriure un missatge públic: «AJUDEU-ME. ESTIC TANCADA A L'HABITACIÓ».

Faig i refaig el meu crit d'auxili almenys deu vegades. No trobo les paraules exactes. I tampoc vull que em prenguin per boja. Però com més dubto més profunda cabo la meva tomba. M'aturo i, sense més demora, trio les úniques cinc paraules que podrien expressar la veritable urgència del moment: «Aviseu policia! M'han segrestat!».

Els nervis se m'han colat fins a la medul·la i la lluita interna m'ha anat debilitant fins a deixar-me KO Aprofito l'últim alè de força que em queda per prémer el botó de «publicar» i, just després, em deixo caure a terra. Derrotada.

Recolzo el cap a la cadira de l'escriptori i de mica en mica se'm van tancant els ulls, però m'esforço per mantenir-los oberts.

Tot d'una, en un dels constants parpellejos, em sembla veure un punt de llum vermell al sostre.

Un led, brillant. Fluorescent.

És una càmera.

Em vigilen.

M'espanto. Agafo el portàtil de terra d'una revolada i m'amago sota el llit, l'únic lloc on no poden veure'm. Em protegeixo de la possible amenaça exterior i de tot el que pugui venir. I allà, en silenci, espero. No sé ben bé a què. En principi, a què algú llegeixi el missatge i vulgui ajudar-me. Tanmateix, la bola negra que se'm menja per dins no deixa de repetir-me que és més probable que els segrestadors actuïn primer.

*Cling.*

L'espera, per sort, es fa més curta del que comptava: no tarda ni seixanta segons a sonar el que podria ser l'avís del meu immediat rescat.

Obro la notificació d'Instagram.

# 11

—Senyora Duran, sabria dir-nos la contrasenya de l'Instagram de la seva filla?

—Per què?

—No ho sabem, però pensem que potser podria haver rebut alguna amenaça.

# 12

Tinc un missatge nou.

L'Andrea.

M'estranyo. Entro al post i llavors entenc que m'hagi escrit: ho ha fet per riure's de mi. Molt típic d'ella. És una mala puta.

Després, la Sandra.

També se'n fot. I la Pili. Uns «hahaha» aguts que se'm fiquen al cap. I sota les mofes, l'Andrea deixa un missatge: «mira el meu perfil». Hi entro de pet i veig que acaba de publicar una imatge. L'amplio: és un mem del passadís de taquilles de l'institut. Es veuen tot de mans aguantant amb força la porta d'un armariet, impedint que s'obri. És el meu. On fa any i mig m'hi van tenir tancada durant hores. On tant em costava respirar. On cridava i cridava i només rebia insults de tornada. On vaig acabar perdent el coneixement. I d'on, per sort, van acabar rescatant-me.

El text del mem deixa ben clar el que (algú) opina d'aquella resolució final: D'ON MAI HAURIES HAGUT DE SORTIR, hi diu en lletra gruixuda. I majúscules.

Minimitzo la imatge. Però els *clings* de l'ordinador continuen sonant.

«La rata està atrapada», llegeixo que contesta algú altre.

Llavors comença a escriure's, una vegada i una altra: «Al forat». La mateixa frase que casualment em cridaven aquell dia. Dues paraules que es tornaren armes. Violència.

*Al forat.* M'increpen des de l'ordinador.

*Al forat.* Es mofen.

*Al forat.* Sento que em diuen.

*Al forat.* Em punxa per dins.

*Al forat.* Rugeixen. Amb fúria.

*Al forat.* Em xisclen. A l'orella.

*Al forat.*

*Al forat.*

*Al forat!*

Tanco l'Instagram. Però l'ordinador no respon. És com si s'hagués bloquejat la pantalla. En canvi, els crits d'*Al forat* continuen omplint el monitor. Ara amb majúscules.

Ben fort.

Ben alt.

M'eixorden.

*Pareu, sisplau!*

Però no ho fan.

La pantalla no deixa de mostrar-me els seus crits. Com un clar déjà-vu d'aquell dia.

«Al forat! Al forat! Al forat!».

I la humiliació cala ben endins. Em trenco.

Reboto l'ordinador per tal de fer-los callar.

I els crits per escrit emmudeixen.

També els del meu record.

Es fa silenci. I em torno a quedar aïllada.

Tancada. Apressada. Desconnectada de l'exterior.

«Al forat», d'on sembla que mai hagués hagut de sortir.

# 13

—Agent Delgado, faci sortir tothom de l'habitació —li demana la companya Sánchez per ràdio.

L'agent d'ulls grossos i felins em fa una mirada de circumstància i puja corrents.

En qüestió de segons veig com diferents membres de la policia van abandonant la casa. Uns s'acosten al cotxe a fer un cafè, d'altres fan rotllanes per comentar la jugada. M'agradaria sentir què diuen, però sobretot m'agradaria saber què ha trobat l'agent Sánchez a l'Instagram de la meva filla per desallotjar l'habitació i la casa sencera.

No ha esperat ni que li donés la contrasenya. Suposo que no confiava que la sabés. I no la sé. Confio que és alguna cosa relacionada amb les seves dues dèries: l'escriptura o els escacs. Potser em decantaria per un moviment d'escacs, que és l'únic record que guarda de son pare. «Cavall etern a D5», es passava el dia dient l'Andreu. Era la seva estratègia preferida. Ha de ser això, la contrasenya. Ho provaria al mòbil si l'agent no se me l'hagués endut escales amunt.

M'acosto a la porta i el policia forçut i amb cara de son que l'escorta em barra el pas.

Serà malpar...

—He de parlar amb l'agent Sánchez —em queixo—. M'ha demanat una contrasenya i ha marxat. Té el meu mòbil. —Vomito tot de frases inconnexes amb urgència, amb molta urgència.

I com si ni existís, l'agent em continua impedint l'entrada. Li escopiria. No ho accepto, oposo resistència i insisteixo a travessar la porta de casa meva, necessito que em deixi entrar. He de pujar a l'habitació de la Jana. He de...

Però, de cop, sento el soroll d'un motor de cotxe que s'acosta. Em giro.

És una furgoneta fosca que es camufla en la nit.

Travessa el cordó de seguretat policial i s'atura a dos metres de l'entrada.

Els vidres tintats del vehicle m'impedeixen veure qui hi ha a l'interior, i què hi venen a fer a aquestes hores. Llavors la ràdio de l'agent de la porta sona i sento un missatge amb interferències que em resulta impossible de desxifrar. Ell sí que sembla comprendre'l, perquè tot seguit es dirigeix a mi i em diu:

—Senyora Duran, ha vingut l'equip de psicòlegs.

La ràdio torna a sonar interrompent-lo. Presto

atenció, jo també, al missatge de veu i entre distorsions em sembla entendre: «Fes-la passar».

# 14

Passo.

M'he carregat l'ordinador. Però m'és igual. M'estiro a terra, encara sota el llit, i una llàgrima em llisca fins a l'orella. La gravetat va cap avall, sempre avall, i jo caic amb ella, com si estigués en caiguda lliure. Avall.

Llavors, una interferència, com de ràdio, em fa pensar de nou en la sala de control dels presumptes segrestadors.

Fills de puta.

Tanco els ulls. I una segona llàgrima ressegueix el solc de l'anterior. Avall. També cap a l'orella. I quan se'm cola dins, fa ressonar la intromissió radiofònica. Em toco el forat per desfer l'efecte i recupero el sentit. Recupero el piiip molest, que em recorda que podria ser l'ostatge d'algú amb problemes tèc...

—Solucionat —una veu greu trenca el so continu d'interferència.

M'espanto. Sembla haver-me llegit la ment.

—Estem preparats —afegeix una segona veu també masculina, igual de greu, però potser més tenebrosa. L'acompanya una rialla que em posa els pèls de punta.

Trec el cap per sota el llit. Torno a mirar el led del sostre: continua brillant, ara és verd fluorescent. Merda.

M'amago.

—Ara que ja ens deus sentir —insisteix la primera veu—, comencem!

Comencem el què? M'inquieto.

—Volem engegar amb una bateria de preguntes.

—Preguntes? —Em surt un fil de veu molt fi, que ni se sent.

Els dos homes continuen parlant, indiferents a les meves queixes, immersos en una espècie de discurs guionitzat, més típic d'una pel·lícula amateur. Un partit de tennis verbal, per torns. Com qui espera la carnisseria. Esperpèntic.

—Respon en veu alta, el primer que et vingui al cap —sento que diu un.

—Però, què... què volen que...? —Surto de sota del llit. Busco d'on ve la veu.

—Primera pregunta —continua dient—: per què creus ser on ets?

Ni idea.

Col·loco l'orella a la paret del mirall i sento la veu més a prop.

—No ho sé —crido en aquesta direcció. I, per primera vegada, la veu s'imposa a la por: m'espanten més les conseqüències de no respondre—. No sé què hi faig aquí!

—Pensa-ho bé —afegeix ara el seu company.

—Que ja ho he dit: no sé què hi faig aquí!

—Tot comença en algun moment —insisteix—. Busca'l. Remunta-t'hi.

—M'han confós amb algú altre! Jo em dic Jana Vidal. I no he fet res!

Llavors la meva mirada es topa amb el mirall. Amb el meu reflex. M'hi veig horrorosa. Amb ulleres.

Despentinada.

Pàl·lida.

Fastigosa.

*Et miro i ja no sé qui ets.*
*Si ets el reflex d'un mirall.*
*O si ets algú altre que em mira.*
*Només sé que em repugnes.*

Aparto la vista.

—Segona pregunta —diu ara la veu més obscura.

—Eh, vosaltres, escolteu-me! —xisclo des de ben endins—. Us esteu confonent de persona! No soc qui creieu!

–Com penses que has arribat aquí?
Malparits!
–M'haureu drogat. Jo què sé. No recordo res!

# 15

–No recordo quan va ser l'última vegada que vaig veure la Jana somriure. –Abaixo la mirada, avergonyida.– Pensava que era una actitud d'adolescent: estar enfadada amb tot, amb el món...

–Recorda haver-hi discutit ahir? –m'interromp una dona amb un vestit jaqueta gris fosc que no deixa de prendre notes a una llibreta.

–Com? –Alço la vista de nou.– No sé què insinua, però no li ho permetré.

Obro la porta de la furgoneta feta una fúria i me'n vaig. Els psicòlegs són la gran estafa del segle XXI. Així em volen ajudar, fent-me sentir culpable?

Ja se'n poden anar a la merd...

Trec el rosari i l'estrenyo, me'l clavo al tou de la mà i continu prement, fins que el dolor em distreu: camufla l'altre més profund que em crema dins del pit, a l'alçada del cor, i desfà el grumoll de culpa que se m'havia instal·lat al cap.

Penso en quan la Jana era petita i anàvem al parc amb l'Andreu, tots tres. Ell ens feia fotografies, nosaltres ens gronxàvem. Tornaria a aquell moment i que el cotxe que ara s'acosta fos el Cadillac vermell de l'Andreu, que per la finestra del darrere sortís el cap de la Jana, somrient, i que no m'importés que no anés lligada, que el que importa és viure. *Que el que importa és viure.*

Però no. El cotxe no és vermell, sinó blau marí. És el Seat de la veïna, que deu voler tafanejar una mica. Aparca i, en lloc d'entrar a casa seva, s'acosta a un dels agents que escorta el cordó policial.

«Què ha passat?», imagino que vol saber. Jo em giro, perquè no em vegi, i torno a acostar-me a casa. Casa meva. On es cuinava pastís de poma els divendres a la tarda. Però avui no hauria tocat pas pastís. Els dimecres l'Andreu ens cuinava macarrons i s'entretenia a col·locar-los al plat de la Jana, drets, un per un, com si fossin peces d'escacs. Vermelles.

Em miro el puny dret, que continua prement el rosari. No ha deixat de fer-ho des que he sortit de la furgoneta de pertorbats. Obro la mà i m'hi trobo un petit bassal de sang, al palmell. També vermell.

—Necessito anar al lavabo! —li crido a l'agent d'ulls mig tancats i espatlles obertes que custodia la porta.

Li ensenyo la ferida.

Ell, en veure la sang, avisa als agents de dalt que em deixarà passar, que he d'anar al bany. És urgent.

(Ara, sí).

Tanmateix, espera que una veu distorsionada per ràdio li doni permís per obrir-me la porta:

—Que entri —contesta l'agent Sánchez—. Hem de fer-li algunes preguntes.

# 16

—Ara, agafa un full i respon la tercera pregunta —diu la veu més greu per megafonia—. Què series capaç de fer per sortir de la situació en què et trobes?

Un moment.

Em llanço a terra. Agafo un llibre blanc d'attrezzo i n'arrenco una pàgina buida.

Gatejo a la cerca d'un llapis, boli, el que sigui.

Remoc el porexpan. Obro els calaixos. Res.

—Tens un minut per escriure la resposta —m'indica l'altra veu.

Espereu, que no trobo res per escriure!

Busco sota el llit. A l'escriptori. No. Pot. Ser.

Torno a hiperventilar.

Em paro. M'arrepenjo als peus del llit i trec una bafarada d'aire.

Inspiro. I torno a expirar.

Llavors, miro el full mal estripat de les mans i veig que l'he tacat de sang.

—Trenta segons.

A la merda el boli: col·loco l'índex amb l'ungla partida encara sagnant sobre el paper i el faig servir per escriure la resposta: EL QUE SIGUI. Anoto. En majúscules. Ben gran.

M'aixeco corrents, m'enfilo al llit i acosto el missatge al led del sostre, perquè ho llegeixin bé per la càmera oculta.

—Faré el que em demaneu. El que sigui.

I des d'allí, torno a fixar-me en el meu reflex del mirall. Encara més ridícula que abans: fent saltets al llit, com un animal salvatge que cedeix a què el domin. L'amansin. L'interroguin.

I, de sobte, el mirall deixa de semblar-me un mirall: em fa pensar en les finestres camuflades de les sales d'interrogatori. Amb efecte mirall per un costat i transparència absoluta per l'altre.

És clar, per aquí és per on m'observen.

Salto del llit i corro fins a plantar-me davant seu. Davant del mirall.

—Sou aquí? Em veieu? Us esteu confonent de persona.

—Deu segons.

Passen de mi.

—Eh! —Colpejo el vidre per fer-me amb la seva atenció.— Escolteu-me, *joder*!

Però no ho fan. O si ho fan no contesten.

Desgraciats!

Respiro de forma superficial. Accelerada. Però

no em detinc. Em desfogo amb el mirall, com si fos un sac de boxa.

—Traieu-me d'aquí! —se'm trenca la veu just quan s'escolta un gong de final de temps.

Premo les dents. I amb força intento desenganxar el mirall de la paret, però s'hi aferra. Llavors desenrosco una de les barres del llit i desafiant-los començo a fotre hòsties a la finestra espia.

El vidre es trenca en trossets petits que cauen a terra com polsim, o cendra. I jo no trigo a caure-hi darrere tan bon punt m'adono que a l'altre costat no hi ha cap habitació secreta, sinó la mateixa paret que a la resta de cambra. Cap forat que condueixi enlloc. Només hi ha paret. Metàl·lica, però paret, al cap i a la fi.

Pico de genolls a terra. Un cop ferm fa vibrar cada un dels meus òrgans. Tanco els ulls. I, en obrir-los de nou, adverteixo que a la paret que ha quedat al descobert hi ha una reixeta minúscula de ventilació. Del mateix color gris metal·litzat que la resta del mur, amb petites obertures que desemboquen a algun altre lloc.

On?

# 17

–On s'enduen les coses de la meva filla?

Veig com dos agents treuen caixes de l'habitació.

–Segui. –L'agent Sánchez assenyala una cadira del menjador.

Li faig cas i ella s'asseu al meu costat, recolza els braços sobre la taula i treu una llibreta de la butxaca dels pantalons. No puc deixar de mirar-li els bíceps tan ben definits mentre va passant pàgines. Aleshores obre un bolígraf, marcant així el tret de sortida: comença la pantomima.

–Senyora Duran, necessitaríem que ens ajudés a reconstruir què ha passat.

Em miro el palmell, que ja ha deixat de sagnar, però la ferida encara em cou. La ressegueixo amb l'índex de l'altra mà, la pressiono, poso el dit ben bé a la llaga, que és el que em demana l'agent, no?

–Per on vol que comenci?

–A quina hora va marxar ahir?

–A les vuit. Vaig avisar-la que tenia el sopar fet i me'n vaig anar.

M'aturo per respirar, com si acabés de fer un esforç enorme i em faltés l'aire.

—A qui va avisar? —diu mentre anota l'hora que li acabo de dir a la llibreta—. A la seva filla?

—Sí, a la Jana.

L'agent empassa saliva, i se li perfilen encara més les línies de la mandíbula. Alça la vista. No per mirar-me; de fet, em defuig: no sé si per incomoditat o per deformació professional, però els ulls se li'n van als quadres del menjador. Els repassa un per un. Només hi ha fotos de la Jana a casa. De la comunió. A la platja. Amb la palma de Rams. I a totes hi surt ella. Ella sola.

L'agent enretira la cadira cap a un costat i ara sí que em mira fixament als ulls, amb la tendresa amb què ho faria a un nen que acaba de fer-se un trau i encara sagna.

—La Jana era a casa? A les vuit?

I sí que sagno, sí, tant per fora com per dins.

—Hi era. Ella... —Inspiro.— La Jana estava a la seva habitació, com sempre que torna de classe. Em vaig acomiadar... —Se'm neguen els ulls, però em forço a continuar.— Vaig agafar la jaqueta de la meva habitació, paret per paret amb la seva. I me'n vaig anar.

# 18

M'acosto a la reixeta, hi miro: a l'altre costat no hi ha aparells informàtics ni cap sala moderna d'espionatge. És més aviat tot el contrari: una habitació antiga, farcida de mobles amb giravolts d'estil rococó; parets empaperades i buides, travessades per claus orfes que algun dia van subjectar fotografies; el llit fet, amb llençols que semblen ben bé acabats de planxar, i tot al lloc adient, endreçat, com sol tenir-ho la mare.

És la seva habitació.

Aquí l'únic aparell electrònic que hi veig és el ràdio-despertador de la tauleta de nit, que curiosament té el llum encès. Són les onze i cinquanta-vuit de la nit

–Tenim una trucada.

Eh?

La veu greu i distorsionada ara se sent més fort.

Ve d'aquí, de l'habitació de la mare.

–Algú que vol compartir amb nosaltres la seva experiència –diu l'altre home, també de més a prop.

On s'amaguen?

–Hola, només volia dir que m'ajudeu molt a...

Una nova veu, ara de dona, que parla entre

singlots, es talla de cop. Busco què ha passat. El rellotge marca que són les «00:00». La pantalla s'apaga. La ràdio calla.

Les altres dues veus distorsionades també emmudeixen.

Corro cap al meu despertador de sobre la tauleta de nit.

Sintonitzo cadenes de ràdio fins que al dial 106.3 hi reconec les veus:

—I fins aquí el programa d'aquesta nit...

—Som en Ramon i en David. I heu estat escoltant *El món interior* a Ràdio 24. Demà tornarem amb més, molt més. Que descanseu.

I una sintonia de tancament psicodèlica comença a sonar en estèreo a la meva habitació.

# 19

La melodia del programa que escolto cada nit abans de dormir esclata de cop.

—És la meva ràdio —interrompo l'agent.

Ella em fa que sí amb el cap, com donant-me permís per anar a la meva habitació i apagar-la.

Hi vaig, però no l'apago immediatament. M'assec a la vora del llit, tanco els ulls i m'endinso en una mena de llimbs atemporal on faig veure que res del que m'envolta està passant. Escolto en Ramon i en David com si fos una nit qualsevol i necessités agafar el son. Ells m'hi ajuden amb el seu programa. De fet, m'he quedat adormida en més d'una ocasió amb ells dos parlant-me a cau d'orella. M'hi abraço, a la seva veu, especialment a la d'en Ramon, que em recorda molt a l'Andreu. Tanco els ulls i el sento encara amb mi, el noto al nostre llit, i res em dona tanta pau. És la meva cançó de bressol. Per això vaig acabar programant la ràdio perquè s'encengués i s'apagués sola.

En Ramon és el meu somnífer. Podria parlar de constel·lacions o de canonades, i jo continuaria escoltant-lo. Com si invoqués l'anticrist, continuaria igualment sintonitzant-lo. Potser així encara s'hi assemblaria més, a l'Andreu.

Ell i la religió es repel·lien; la religió a ell, concretament. És cert que l'Andreu era antitot l'establert, però amb la religió hi tenia una fixació especial.

Ell va ser el meu anticrist i ara em trobo immersa en les conseqüències de la seva vanitat.

—Senyora Duran?

Torno en mi. Apago el ràdio-despertador i surto de l'habitació. Està clar que només feia temps per retardar l'interrogatori. Temo afrontar-me a tot el que ha passat.

# 20

La por em glaça. Em gela. Em trenca per dins, com fa el gel en tocar l'aigua bullent. Explota. No es desfà: es clivella. S'esmicola per dins abans de fer-ho per fora. Es trenca, com un clar preludi d'allò que vindrà. El gel deixarà de ser gel, per tornar-se una altra cosa. Canviarà d'estat. De forma. Canviarà de cos. Es tornarà aigua.

Així funciona la por. La por et trenca. Comença per les parts més profundes. El cor? I les entranyes. Sento un nus als budells. Un nus que, a poc a poc, anirà afectant la resta d'òrgans. Deixaré d'existir? No. La por et trenca, però no deixes d'existir. Hi ets, en forma de cadàver. Et tornes un zombi. Deixes de sentir. El cor se't para, l'estómac s'atura. Només quedes tu i la cuirassa de pell. Dèbil, que acabarà per fondre's també.

Em fondré. Tot gel acaba fent-ho. Em fondré i llavors podré escapar-me, escolar-me per la reixeta arran de terra. Sortir fora, tocar l'exterior. Gelar-me. I fugir. Fluir. I fugir. Saltar tres metres i no trencar-me res, perquè ja estaré trencada. Fosa. Agafaré un estat tan fotut que, de cop, em tornaré invencible.

Desendollo el despertador arrancant-lo de la paret, amb mala llet, i veig aleshores com la lampadeta que comparteix l'endoll fa pampallugues. M'hi llanço al damunt.

Apago la bombeta. L'encenc. L'apago.

Deixo de nou la làmpada damunt de la tauleta i, en absoluta foscor, m'acosto a la finestra de l'habitació. Ja no sembla un llenç buit: hi començo a intuir petits puntets de llum. Franges que van de dalt a baix, com una samarreta de ratlles. De barrots ben gruixuts. I entenc que el que m'obtura parcialment la visió és una reixa. Amb barres amples.

Intento mirar a través del poc espai que em deixa i, sí, reconec el meu carrer. Soc a casa. A la meva habitació. Al costat, hi tinc l'habitació de la mare. El que no entenc és per què no hi trobo la porta, ni per què m'han barrat la finestra. I la paret de metall?

Corro cap a làmpada, l'estiro i la connecto a un endoll a prop de la finestra. Enfoco la pelada de paper de la paret i em fixo que la capa interior continua de color gris. Ara ja dubto que sigui o no metall. Grato amb l'ungla. Però aviat paro, em fa massa mal.

Recullo la barra del llit de terra i rasco per sota del marc de la finestra. Sembla que la punta s'enfonsa. Va fent solc a la paret. Cau un polsim blanc, enfarinat. La paret sembla de guix.

Ho comprovo: sí, és guix.

Apago la làmpada. L'encenc. L'apago.

Em torturo a cops de llum: quan la paret s'il·lumina, és de guix. Quan es fa fosc, torno a creure que és de metall.

Moc el dit: interruptor amunt, interruptor avall. Encenc i apago la bombeta. Confosa, gairebé catatònica. Obro i tanco el llum. Obro i tanco. Amunt i avall. Com si no fos capaç de fer res més.

En una d'aquestes anades i vingudes, una bombeta també s'encén dins meu: penso en les pampallugues que ha fet la làmpada quan he desconnectat el despertador de la presa de llum. Pampallugues que el meu cap combina amb unes ràfegues intermitents.

M'aixeco i acosto el llum a la finestra. L'apago.

Espero.

Espero.

Espero.

I llavors envio el senyal al dit gros perquè l'encengui de nou.

Recreo una espècie de pampallugues semblants a les d'abans.

Tres llampecs curts. De mig segon cada un. Tres.

Després, apago el llum i el torno a encendre.

Tres vegades més.

Aquesta vegada amb ràfegues intermitents més prolongades.

I, en acabar, torno a fer tres pampallugues ràpides.

Insisteixo: llarg, llarg, llarg, curt, curt, curt, llarg, llarg, llarg. Una melodia visual que es torna el meu crit d'auxili. El senyal SOS en morse.

Que algú el vegi, sisplau.

# 21

—Sap si algú assetjava la seva filla?

—Què han trobat? —m'alarmo.

—Només volem descartar qualsevol hipòtesi, senyora Duran —intenta calmar-me.

—Algú li ha fet això, oi? —pregunto.

—Digui'm: sap si patia algun tipus d'assetjament o abús? —I abans que pugui contestar res, l'agent Sánchez ja està prenent notes a la llibreta.

—No. Bé, que jo sàpiga. —Empasso saliva. No sé per què escriu tant.— A classe potser se n'havien rigut algun cop. Res greu, coses de nens...

Deixa d'apuntar de cop.

—Ho va comunicar mai a l'escola?

—No. No creia que fos greu. —Aleshores lligo caps.— Què han vist a l'Instagram?

L'agent, però, continua a la seva:

—Sap si tenia cap relació?

—Relació? Amb quinze anys?

—D'acord. Anotaré que no. —Abaixa el cap i retorna a la llibreta.— Què me'n pot dir del seu pare?

—Res. Va marxar.

Em torna a penetrar amb la mirada, com si intentés llegir-me el pensament.

—I sap si podria haver tornat? Si mantenien... relació?

—Impossible. Ja li he dit que va marxar.

—Sí que ho ha dit, però era el seu pare. Necessitem saber si...

La tallo:

—Que li he dit que no! —I em vaig encenent.— El seu pare va marxar! Que no ho entén o què?

—No cal que m'alci la veu, senyora Duran. Queda clar.

I apunta alguna cosa més a la llibreta de les sospites.

—Llavors què? —insisteixo—. M'ensenyarà l'Instagram de la meva filla o no?

—No crec que sigui bona idea...

—Sabré jo què és o no bona idea. Soc la seva mare, sap?

—Ho sabem.

—Si ho saben, per què perd el temps discutint amb mi?

—Només seguim el protocol. Hem de saber... —S'atura a mitja frase i es guarda la llibreta de nou a la butxaca. D'on no hauria hagut de sortir mai. Aleshores s'escura la gola per continuar, però jo m'hi avanço:

—Els he avisat fa més de tretze hores. Sap? Tretze llargues i desesperants hores, i encara no saben què ha passat.

—Ja li he dit que estem fent tot el que està a les nostres...

—No és suficient —insisteixo.

—Vull que sàpiga que no descansaré fins que tinguem un fil per estirar.

Jo sí que NO descansaré. Li giro la cara. No la crec. No hi confio. Desplaço la vista fins a la bola de llana turquesa que estava fent servir per teixir la manta que volia regalar-li a la Jana per Nadal. Estiro l'últim fil que havia deixat sense lligar i el ganxet comença a desfer-se.

—Aviat no quedarà res... —dic sense deixar de tibar del fil de llana—. Si de debò vol ajudar-me, agent, obri l'Instagram —li exigeixo, ara sí, aguantant-li la mirada.

Però l'agent Sánchez no mou ni un dit, continua asseguda a la taula, i em fa un senyal perquè m'hi assegui jo també. Em giro, donant-li l'esquena, i camino cap a la finestra del menjador. L'obro de bat a bat: necessito respirar.

# 22

M'amorro a la finestra, mentre continuo encenent i apagant el llum, i entelo el vidre amb la respiració accelerada. Entre els barrots gruixuts, albiro el carrer. Buit. Hi ha alguns cotxes aparcats a banda i banda, també alguns forats que esperen ser ocupats. No sembla que ningú tingui intenció de sortir al carrer. És fosc. Fa fred. És tard. Tothom continua amb la seva vida.

Alço la mirada, ara cap a l'edifici de maons mig desdentat del davant. Moc el cap per sortejar els barrots, mentre inspecciono totes i cada una de les finestres. Començo pel cinquè pis i vaig baixant. Tots els pisos tenen les persianes abaixades o mig abaixades.

Descansen.

El dit continua encenent i apagant la bombeta. La vista ressegueix la façana. Pis per pis. I llavors, a la planta dos, a la mateixa alçada on soc, hi veig tres finestres destapades. Encara. Els vidres són foscos. Potser dormen. O potser no.

Encenc i apago la bombeta.

El meu llum es reflecteix a un dels vidres. L'encenc i l'apago. L'encenc i l'apago. L'encenc i... M'aturo. Em sembla veure moviment a l'altre costat.

L'apago. I observo. Llavors adverteixo una altra llum tènue a una de les finestres. A la tercera. Una llum que també fa certes pampallugues. Algunes més blavoses, altres més càlides. Algunes més llargues i altres més curtes. Espero. No sembla cap missatge. És el senyal que emet una tele. Hi ha d'haver algú mirant-la. Tot i que potser també dorm.

No ho farà gaire estona més.

Encenc i apago el llum, de nou, enviant-li ràfegues constants, molestes. Seré la gota malaia de qui segui davant de la tele. Vull que li sigui impossible continuar amb el que està fent, mentre jo no deixi de pitjar el botonet. Vull que em vegi.

I sembla que ho fa. Perquè, de cop, una ombra es mou darrere la tercera finestra del segon pis. M'apropo encara més al vidre per seguir bé què passa, sense deixar en cap moment d'encendre i apagar la làmpada. Mira'm. Aquí.

Encenc i apago. Curt. Curt. Curt. Llarg. Llarg. Llarg.

Quan l'ombra s'acosta a tocar de la finestra del seu pis, la llum de la meva làmpada l'il·lumina: és un home amb samarreta d'imperi i bastanta panxa.

No se n'amaga pas, se la rasca mentre intenta entendre d'on venen les ràfegues.

—Venen d'aquí, collons!

I torno a començar: Curt. Curt. Curt. Llarg. Llarg. Llarg. Curt. Curt. Curt.

—Eh, aquí! Mira'm!

I em mira.

—Ajuda'm! Aquí!

Curt. Curt. Curt. Insisteixo. Llarg. Llarg. Llarg. Colpejo amb l'altra mà el vidre de la finestra. M'ha d'estar veient. Estic segura que em mira.

—Aquí!

Pico més fort: apallisso el vidre.

—Ajuda'm!

I llavors, tot d'una, l'home deixa de rascar-se la panxa.

Ara. Ara. Ara. Ara sí que m'ha vist. Però llavors desvia la mirada cap a la dreta.

Encenc i apago el llum.

Tot i així, ell fa com si res, no sembla ni fixar-s'hi.

Després mira cap a l'esquerre.

—Sisplau, ajuda'm!

Encenc i apago la làmpada. I ell aixeca la mà.

Aixeca la mà, no per enviar-me cap senyal. No. Aixeca la mà per abaixar la persiana, que cau com una guillotina. Jo colpejo la finestra. No pot anar a dormir!

—Nooooo!

I com un reflux amarg i dolorós, començo a rebotre coses. Colpejo els mobles. I em dirigeixo contra la paret sense porta. I allà descarrego tota la meva frustració.

Crit desbocat. Pèrdua del sentit. Confusió. Deliri. Fuga de la consciència. Camí no escrit. Laberint etern. Crit d'auxili en majúscules. Ventre obert. Dolor que es clava i panseix la flor que un dia brotava ben forta, ben viva, dins meu. I d'allà, en surt un anhel convertit en flaire: pudent, podrit, putrefacte. És el gemec sord més sonor que he sentit mai, té totes les tonalitats: do-re-mi-fa-sol. Res-mi-fa, el sol do-lor se'm clava ben endins. Em pren la veu. Em deixa muda. Cordes vocals ferides. Camí sense sortida. Deliri nauseabund. Fastigós. Sang bullent que em recorre les venes fins a un cor ple de cucs llefiscosos. Puta vida sense sentit. Puta. Vida.

Torno a la finestra. M'ajupo i començo a cridar per la reixeta que hi ha arran de terra.

—Estic atrapada! Ajudeu-me!

I en inspirar sento una punxada enmig del pit. Una inserció quirúrgica, com si m'obrissin el pit per reanimar-me. O per acabar-me de matar.

Callo de cop.

# 23

Em penjo el rosari del coll i aquest cau a l'alçada del pit, on fa anys em van trobar un bony. Era al costat del cor, com si aquest hagués supurat; s'hagués volgut desprendre del record de l'Andreu, però el cos melancòlic s'hi hagués oposat. Havia deixat de créixer des d'aleshores, s'havia quedat tal com l'Andreu el va deixar. Tenia forma d'«a». Era un botó ben arrodonit, com l'«a» perfecte que solia traçar amb la seva grafia d'impremta. De vegades penso que per això li vam acabar posant Jana a la nostra filla. Era el nom més ben escrit de l'escola. I la Jana el portava gravat a tot arreu.

«Mama» també en té dues, d'«as»; sí, però entre dues muntanyes. I no d'aquelles de cims alts i feréstecs, inaccessibles, més aviat de les que trobem als parcs temàtics: eren «emes» de muntanya russa. Pujades, giravolts i sobretot baixades.

Des que vaig deixar de ser la Lídia per convertir-me en la «mama», una part de mi no va estar-hi del tot conforme. No sabia ser mare. No volia ser com la meva, però tampoc sabia com volia ser. I, a més, l'Andreu em feia molta ombra.

Era el pare perfecte. Ell també va canviar: de marit a papa. I la Jana només tenia ulls per a ell, com si una llanterna l'il·luminés només a ell. Jo em quedava a l'ombra, m'hi van col·locar ells dos allí, i suposo que aquella foscor em va acabar pansint. Ja podria haver-me marcit com fan les plantes: queden *tiesses*, deixen de respirar i al forat. Tampoc m'haurien trobat a faltar gens. I no és que jo volgués marxar, eh? No volia posar fi a la meva vida, només volia que la vida s'acabés, que és molt diferent.

—Hem trobat uns escrits de la seva filla —em diu, llavors, l'agent Sánchez.

M'assec de nou al seu costat. Alço la vista i faig una radiografia del que hi ha damunt la taula del menjador: hi busco algun full o llibreta, però no hi trobo res més que un got d'aigua. L'agent me l'acosta perquè begui. El que em vol dir necessita diluir-se perquè passi millor.

Agafo el vas amb les dues mans com si me les mirés d'escalfar, però el líquid és ben fred, igual que el que sembla estar a punt de deixar-me anar.

Un calfred em recorre els braços i es fon al clatell.

—Sempre ha escrit molt bé —dic amb un fil de veu.

A l'Andreu també li agradava molt escriure.

Jo, en canvi, prometo no escriure més.

# 24

*Ho trec.*
*Tal qual.*
*Ni m'ho penso.*
*La llibreta és el meu refugi.*
*Un lloc sense pretensions,*
*on puc ser jo.*
*Només jo,*
*sigui qui sigui*
*i com sigui.*
*Escric perquè, quan ho faig,*
*tot flueix.*
*No sento nusos.*
*Ni faixes.*
*Em sento nua.*
*Desposseïda de la cuirassa*
*que em protegia*
*i no em deixava ser qui soc.*
*I és que qui soc jo, en realitat?*
*Qui collons soc?*

Aquest text se'm repeteix per dins, com una cantarella

malèfica. Un eco ingràvid, tancat en una càpsula a pressió que busca la visura per escapar. Perquè, de no fer-ho, implosionarà. Fa massa anys que busco la vàlvula d'escapament. Quinze anys a la meva pell i encara no sé qui soc. Duc la llavor de l'engany dins. Creix i creix. Se m'embolica per tot el cos i no puc desfer-me'n. Se m'enrotlla pel pit i puja fins al coll. I allà noto com estreny. M'asfixia. L'engany em mata per dins i em va podrint per fora.

# 25

Caic a terra i m'esforço a fer una glopada d'aire. Inspiro des de dins. L'oxigen obre la laringe fins a inflar-me els pulmons, deixo de sentir tanta asfíxia i a poc a poc vaig recuperant l'alè.

L'agent Sánchez, abans de marxar, m'ha dit que si volia que avisés algun familiar. M'ha recomanat passar la nit en companyia. Jo li he contestat que no em calia, que era on havia de ser, que dormiria al costat de l'habitació de la Jana, com havia fet sempre. Com hauria hagut d'haver fet ahir.

Això últim no ho he dit, m'ho he guardat per a mi, per si se'm girava en contra.

Em tanco a la meva habitació. Premo contra el meu pit la llibreta d'escrits de la Jana. Suposo que aquí només n'hi ha alguns dels que han trobat. Potser els menys punyents, però a mi m'han semblat escrits amb ganivet. Brotaven. Tapono la ferida oberta amb les dues mans, com feia quan de petita es feia sang jugant al parc. Les mans de la mama ho curen tot. Ho curaven tot. Fins que van deixar de fer-ho.

Pressiono la llibreta contra el pit, per si el meu

batec fa de desfibril·lador i retorna a la vida unes pàgines que només parlen de mort. L'estrenyo, com si l'abracés, sense obrir-la. No puc tornar-la a llegir, no la reconec en aquestes pàgines. No és la Jana que jo vaig parir. És com si algú altre parlés per ella, com si algú altre existís dins seu, i ara també ho farà dins meu: no aconsegueixo treure'm del cap les seves sentències colpidores, no entenc com podia pensar això. Crec que l'odio tant com ella es detestava a si mateixa quan les escrivia. I em detesto a mi per no haver sabut llegir-li el crit d'auxili a la mirada, sempre tan trista.

L'Andreu va marxar i sembla que totes dues ens en vam anar una mica amb ell.

# 26

El pare m'hauria dit que no puc intentar la mateixa estratègia una vegada i una altra. Als escacs ell no movia dos cops seguits la mateixa figura.

«És l'única forma d'agafar per sorpresa el contrincant».

No sé si ho deia exactament així o si ho he alterat amb els anys. Fa massa anys que va moure el Rei fora del nostre taulell. I ens va agafar per sorpresa. Perquè tot i perdre la partida, l'escac i mat ens el va provocar a nosaltres, a la mare i a mi. Estic segura que ell continua dempeus, movent fitxes en un altre taulell, en una altra casa, amb una altra família. Aquesta idea m'ha perseguit sempre. Durant anys, l'imaginava ensenyant a jugar a escacs a una nova filla, prenent una copeta de vi al balcó amb una nova parella i amb aquell somriure de felicitat que la mare li va anar apagant amb el seu mal caràcter. El veia pletòric a les meves fantasies. Com si, per fi, hagués trobat el lloc on sempre havia desitjat estar. Jugant, ara sí, la partida de la seva vida. I nosaltres recollint les cendres que ens va deixar.

La mare va dir que havíem de continuar endavant, costés el que costés. I durant un temps fins i tot vaig obligar-me a oblidar que mai havia existit. Però no va funcionar. Així que l'any passat vaig decidir-me a buscar-lo. A intentar-ho almenys. Li vaig demanar a l'Àlex que m'acompanyés a un parell de tornejos d'escacs que vaig trobar per internet: un a trenta-cinc quilòmetres de casa i l'altre a seixanta-tres. Em pensava que si mai el tornava a veure, havia de ser a un lloc així: competint, com havia fet sempre. Però no hi era. Potser se n'havia anat a viure encara més lluny. O potser no volia que el trobéssim, per això no anava a aquest tipus de competicions. Ell era de moviments sorprenents. I aquest hauria estat massa clàssic, massa obvi, massa previsible.

Després d'això vaig assumir que seria impossible trobar-lo. I que potser era just el que volia: perquè després de tots aquests anys no havia fet cap intent d'apropar-se a mi. Com si jo fos un paràsit de qui cal desfer-se. Potser no és només culpa de la mare tot plegat; potser jo també en soc responsable, que fugís. Tal com he fet amb l'Àlex.

Ell també és de moviments ràpids i inesperats, com la seva decisió de fa unes hores. Rotunda. Ferma. Determinada.

La insegura aquí soc jo.

Tant ell com el pare, al meu lloc, ja haurien provat altres mil formes d'escapar de l'habitació. I jo, en canvi, continuo insistint amb la maleïda finestra.

«Si busques resultats diferents, no facis sempre el mateix», deia constantment l'Àlex, parafrasejant Einstein. Ho repetia tant com l'expressió de «tot és relatiu», que li encantava.

Potser és això: que res és el que sembla i la porta continua allà on ha estat sempre; només l'han tapiada. En cas de ser així, hauria de poder destapiar-la a cops.

Em giro a l'instant i corro cap a la paret sense porta. Recullo la barra del llit amb la qual he fet pols el mirall i començo a colpejar el mur de flors mig estripat. És qüestió de temps que els maons postissos cedeixin i s'obri la llauna de conserves on em tenen retinguda.

El soroll de cops ressona per tota l'habitació. Potser no m'hi deixaran picar gaire estona. Tard o d'hora m'acabaran enganxant. Incremento, amb urgència, la intensitat dels cops. Però el mur resisteix. La sala s'omple de pols blanca. I jo no deixo d'insistir. La paret és el meu Goliat. L'he de vèncer.

Al vintè cop ja no noto els braços tan frescos com al primer. Tanmateix, persisteixo. Però ja ni tan sols aixeco polsim. Sembla que acariciï la paret.

«L'enginy guanya a la força», imagino que diria el pare, si el tingués amb mi a l'habitació. S'horroritzaria de veure que l'única estratègia que tinc és fotre garrotades a un mur de pedra. «Així no solucionem les coses a casa, Jana».

Però em torno a encendre en pensar que efectivament podria ser l'ostatge d'algú i li foto un parell d'hòsties més a la paret, imaginant que em desfogo amb el meu segrestador.

Una cosa està clara: si és cert que algú ha tapiat l'entrada per tancar-m'hi dins i ho ha decorat tot per no deixar ni rastre del seu pas per l'habitació, sigui qui sigui, bé ha hagut de sortir per algun lloc un cop acabada la feina, no? Hi ha d'haver alguna porta camuflada. Només cal trobar on.

A un lloc on segur no miraria?

M'ajupo i comprovo sota el llit. Res.

On pugui quedar tapada?

Enretiro bé les cortines. I tampoc.

Començo a fer voltes per l'habitació mirant de buscar algun senyal. Em mossego les poques ungles que em queden. I continuo descartant opcions: el capçal del llit fet de barres metàl·liques no pot tapar cap accés secret i encara menys l'estanteria; s'hi veu a través. Jo, en tot cas, hauria amagat l'entrada darrere d'alguna cosa prou gran com per cobrir-la. I l'únic moble que podria fer-ho és l'armari blanc de dos metres que es recolza a la cantonada. M'hi atanso i estiro fort per un dels costats, fins que aconsegueixo separar-lo de la paret.

Una placa metàl·lica, llisa, freda, tenebrosa. I sense pom. Merda!

És una porta blindada.

Per fi, la prova que necessitava per explicar on soc, i que efectivament podria ser víctima d'un segrest... Tot i no saber per què, i encara menys en mans de qui.

Col·loco l'orella a la planxa de metall i a l'altre costat hi sento un soroll.

Semblen unes veus.

M'acosto corrents a la reixeta de ventilació que va a parar a l'habitació de la mare i hi miro.

*Us he pillat, fills de puta.*

Però pels forats allargats no aconsegueixo veure-hi ningú. El dormitori de la mare és buit, ben buit. També les veus semblen haver-se apagat de cop.

Em separo de la paret i obro bé les orelles.

Aleshores el xiuxiueig torna a sentir-se. I no trigo ni tres segons a identificar-ne l'origen:

Les veus venen del carrer.

# 27

Miro per la finestra: el carrer ja és del tot buit. Abaixo la persiana i l'habitació queda completament a les fosques. M'estiro al llit i engego la ràdio. És un programa que no he sentit mai, una parella parlant de receptes de cuina a les tantes de la matinada. És una mica estrany que m'expliquin com preparar un pastís de pastanaga al llit. Tanmateix, m'obligo a escoltar-los. Aviat, però, el soroll del meu cap eclipsa la veu dels locutors i deixo de sentir-los. Pensava que la ràdio m'ajudaria a dissoldre els pensaments. I no: avui són del tot indissolubles. L'última imatge de l'agent Sánchez, ja a la porta, em torna com un reflux. No les tenia totes de deixar-me sola, perquè no acabava de marxar mai. Sempre trobava una excusa per allargar cinc minuts més la conversa.

—Que no tens família que t'esperi? —li he acabat preguntant.

Tots els companys del cos ja se n'havien anat feia estona. Només quedava el seu cotxe patrulla aparcat a la vorera de l'altre costat del carrer.

—Em vaig casar amb la meva feina. —Ha arrufat el nas, amagant certa vergonya.

I, immediatament després, ha continuat parlant-me del procés legal que seguiríem.

M'ha demanat que tingués el mòbil a mà, que podria necessitar parlar amb mi en qualsevol moment. Dubto que sigui perquè li semblo sospitosa: una dona de quaranta-tres anys, sola i desfeta com estic... Difícilment es pugui fingir com em sento. Tot i que una part de mi hauria volgut que se m'endugués detinguda a comissaria. Potser l'agent també ho hauria preferit, per tal de saber que no passaria la nit sola.

—Si necessita res, truqui, si us plau —m'ha cridat ja des de la calçada, just abans que tanqués la porta de casa.

I allò m'ha deixat clavada a l'entrada, sense poder bellugar-me. Només m'he mogut per obrir l'espiell i mirar com pujava al cotxe, l'engegava i s'allunyava lentament carrer avall.

# 28

Dues figures passen pel carrer. A l'altre costat de la vorera. Una nena i la que sembla la seva mare. Colpejo el vidre.

—Eo! Ajudeu-me! —Res—. Soc aquí!

La nena va al davant i la mare uns passos enrere. Parla per telèfon.

—M'han segrestat! Heu d'ajudar-me, sisplau! No puc sortir!

La nena es para i mira cap on soc. Estira fort de la mà a la mare i l'obliga a travessar el carrer. Venen a salvar-me, venen a allib... Però no, la nena s'atura uns metres abans de l'entrada de casa. Just davant de l'arbre plantat a la vorera. I comença a fer uns petits salts cap amunt. Sembla que intenta arribar a tocar les branques, li queden massa altes.

—Eh, aquí! —Pico al vidre—. Mira'm! —insisteixo.

Ella també s'entossudeix, i molt. Salta i salta mirant de tocar les maleïdes branques. Llavors, tot d'una, entenc què li ha cridat l'atenció: en una branca hi veig alguna cosa vermellosa. Alguna cosa que, del sacseig, ara s'aixeca uns centímetres cap amunt. Sembla que leviti, que voleï. És un globus vermell, com el que el pare em va comprar una vegada a la fira, i que també se'm va enganxar a les branques d'aquest fotut arbre. Si fos per mi, ja l'hauria talat feia anys. Mai he entès què hi fa, a la porta de casa. És un lladre de llum, un lladre de somnis.

El pare deia que els globus no s'inflaven d'aire sinó de somnis. Per això n'inflàvem tants tots dos junts. M'explicava que ho fèiem per no perdre la il·lusió, que és l'únic que necessitàvem per viure. Ara penso que potser somiava despert per reescriure una vida on no era feliç. Si no, no hauria marxat. No m'hauria deixat sola amb una mare cadavèrica.

Absent.

Tan absent com la del carrer.

La nena continua saltant per arribar al globus i la mare, ocupada al telèfon, no fa cap gest per ajudar-la. Ni se n'ha adonat, que la necessita. La conversa la té distreta. Potser és de feina o potser és alguna amiga.

Sé què és sentir-se el segon o tercer plat d'algú.

La nena la reclama, cada vegada amb més intensitat. Fins i tot li estira la faldilla. Sap que la mare podria ajudar-la a recuperar el globus tan sols aixecant el braç. No només no ho fa, sinó que es gira i s'allunya. La nena es neguiteja. Mira amunt i avall, inquieta.

—Aquí! —Aprofito la baixada de defenses per fer-me amb la seva atenció.— Aquí!

I llavors em mira. Establim contacte visual per primera vegada i, en la distància, puc veure-li llàgrimes als ulls. Se'm fa un nus a la gola.

La nena torna a saltar, però continua mirant-me. Em demana ajuda?

Jo torno a picar al vidre. Necessito que ella m'ajudi primer.

—M'has de treure d'aquí! —Gesticulo amb els braços.— T'ajudaré a despenjar el globus, però des de l'habitació no puc.

I torno a colpejar fort el vidre.

—Heu de trucar a la policia! —li dic també amb senyals.

Ella mou el cap com si assentís. No sé si m'ha sentit, però sé que m'ha entès. Llavors es gira i surt corrents cap a la mare. Li assenyala la meva finestra. L'agafa pel braç, el del telèfon, perquè ara sí que li faci cas. L'hi aparta de l'orella i mira en direcció la finestra.

—Sí, sí! Aquí! —m'emociono—. Senyora, em veu? Avisi la policia, sisplau!

Però la dona ràpidament torna a dirigir la mirada a la nena. Li pica fort la mà, renyant-la. I es torna a acostar el telèfon a l'orella, donant-me l'esquena. La petita em mira disgustada. Totes dues sabem com acabarà tot plegat. I, efectivament, els nostres pronòstics es compleixen: la mare l'estira del braç i l'obliga a continuar caminant.

—Eh! No marxeu! —m'exalto—. No em deixeu aquí! Ajudeu-me!

La nena em mira i puc llegir que balbuceja dues paraules: «Ho sento».

—Torneu! Sisplau, torneu! —crido entre llàgrimes.

Però sé que la decisió de marxar ja està presa. Res farà canviar d'idea la senyora del telèfon que arrossega la nena carrer avall, amb força. La nena es resisteix. No vol marxar: encara no ha aconseguit despenjar el globus. On es deuen amagar alguns dels seus millors desitjos. I ella l'obliga a deixar-los enrere.

—Torneeeu!

A mi el pare sí que em va ajudar a recuperar el globus aquella vegada, després no hi va ser per ajudar-me a fer realitat els somnis que hi vaig bolcar dins.

—No, no, no! —Colpejo el vidre, amb força, un cop i un altre.— Torneu! Sisplau, torneeeeu!

Però no ho fan. En realitat em costa veure-les ja en la distància. La boira de la nit se les ha empassat juntament amb les meves ànsies de sortir. Unes llàgrimes gruixudes em comencen a rajar dels ulls. Se'm mengen, em desfan. Em deixen xopa. Ploro. En cascada. Les forces em comencen a flaquejar, i em recolzo contra el vidre amb les dues mans, que a poc a poc ho van entelant tot. Entre el tel, puc intuir l'arbre i el paràsit vermell que s'hi allotja. Els miro i recordo el pare despenjant el globus aquell dia. L'imagino enfilant-s'hi. L'imagino somrient-me. L'imagino, l'imagino allà mirant-me i prou.

*Plàstic fos,*
*foradat,*
*desintegrat.*
*Quants somnis amagats,*
*desinflats,*
*rebentats,*
*des que vas marxar.*
*Quants records fugats,*
*perduts,*
*borrosos.*
*Morts.*
*A vegades dubto*
*si vas existir, pare.*
*Si mai vam inflar globus.*
*I si en vam despenjar cap.*
*Si vas ser real. Viu.*
*Si bategaves*
*i caminaves.*
*Si em somreies.*

*I m'estimaves.*
*Si mai vam ser tres...*
*O si realment*
*MAI VAM SER.*

Ploro a raig. I les llàgrimes sembla que travessen el vidre, perquè de cop comença a ploure. L'impacte de les gotes contra les branques, de mica en mica, acaben per despenjar el globus. I aquest s'enlaire cap amunt, i es perd entre la cortina d'aigua.

—Auxili!

Però el so de salt d'aigua eclipsa els meus crits.

Tanmateix, continuo insistint.

—Ajudeu-meee!

Crido i crido.

I com més crido, més plou. I com més plou, més ploro jo.

El so constant de cascada malaia en eco contra la teulada em perfora el cervell, però sobretot em forada la bufeta.

Em pixo!

# 29

Estiro la cadena.

Acabo d'expulsar del cos l'aigua que m'ha fet empassar l'agent abans de donar-me el recull d'escrits de la Jana, com si amb aquest gest pogués desfer tot el que ha passat després, el que he llegit. M'agradaria oblidar aquell moment. Oblidar-me de l'existència de la llibreta. Tot i que, si pogués viatjar enrere, marxaria més lluny encara. Viatjaria al dia en què l'Andreu va decidir comprar-se el Cadillac vermell. Crec que això va ser el detonant que s'ho va acabar carregant tot, l'aleteig de la papallona que va fer precipitar la situació; va desencadenar la tempesta de proporcions bíbliques que no ha deixat de regar-nos cada maleït dia fins que avui ho ha fet tot miques.

Tornaria a aquell dia i em negaria que se'l comprés. Estic segura que encara hi seria si no hagués estat per això. Va ser la fitxa del dòmino que va fer caure les altres en cascada. El primer escac de la partida que avui ha cridat ben alt, ben fort: Escac i mat!

Ho hem llençat tot per la borda. Ara només

vull que les clavegueres s'empassin el meu dolor i oblidar que ha existit mai.

# 30

M'acosto a la reixeta metàl·lica als peus de la paret, arran de terra. M'abaixo els pantalons i deixo que aquesta s'empassi el raig de pipí que no deixa de sortir-me de la bufeta.

Torno a apujar-me els pantalons i corro cap a la finestra.

Miro el recorregut que fa el líquid per la canal. Ja ha deixat de ploure. L'última gota de pluja que s'ha escolat canal avall ha xuclat també les fulles seques i ho ha deixat tot ben obturat. El pipí s'hi estanca, com una presa, o més aviat una bassa pudent. Sé que és qüestió de temps que el líquid desembussi la canal i tot baixi. És física. No em fa res esperar. Puc esperar. No sé fins quan em tindran aquí tancada. Mentre els suposats segrestadors no donin senyals de vida, almenys això em distraurà i deixaré de pensar en tot el que em faran un cop obrin la porta metàl·lica de darrere l'armari. Focalitzo la meva ira en una altra cosa: en l'arbre roba-somnis del davant. Vull veure com la canal regalima i acaba regant-lo amb el meu elixir màgic: el baixant d'aigua cau ben bé damunt de la vorera, a tocar del plataner. S'ho empassarà tot.

I l'engranatge es posa en marxa! Unes petites bombolles comencen a emergir entre el líquid, unes que a poc a poc aniran desfent el tap, i el baixant deixarà via lliure al pipí perquè regalimi cap avall. Riu avall. Avall. Ha! Aquí van els meus millors desitjos, arbre del dimoni. Que aprofiti.

Però, de cop, sento uns riures al carrer. Amplio el camp de visió: uns nens s'acosten per la vorera on desembocarà en qüestió de segons el meu líquid daurat.

—Atureu-vos!

Els caurà pel cap.

—Pareu! —Els faig senyals.

Però ells continuen caminant. Riuen desinhibits, com si vinguessin de beure líquids pitjors. I aquest sembla que se l'acabaran empassant també. Perquè, per molt que els avisi, no em fan cas. Continuen avançant. Pot ser que ho facin més de pressa que el pipí. I quan per fi sembla que se n'acabaran salvant, va i els quatre idiotes s'aturen a riure ben bé a sota del baixant. I pum. El pipí els cau per sobre.

—Argggg!

Enfadats, aixequen el cap buscant el culpable. I ara sí que em veuen. Ara sí. Em criden. M'insulten. Jo els demano disculpes amb gestos, però ells continuen apujant el to. M'increpen cada vegada amb més violència. I els crits es van fent cada cop més intel·ligibles. Fins que els entenc:

—Al forat! —diuen.

I el crit em pessiga. En reconec el timbre. Les he sentides abans, aquestes veus.

—Al forat! Al forat!

I, de cop, les cares deixen de ser anònimes. Puc distingir les faccions de tots i cada un dels fills de puta que em van tancar a la taquilla de l'escola, fa tres anys. Colpejo el vidre, un vidre que ara es torna metall opac. Com les parets de la resta de l'habitació. Caic a terra angoixada. Em costa respirar. Amorro la boca a la reixeta del terra, l'únic punt de llum de l'habitació. I respiro. Els crits ressonen amb més força per allà.

—Al forat! Al forat!

Els sento amb la mateixa intensitat que aquell dia, des de dins l'armariet. Fins i tot sento la vibració del metall.

*Com més demanava que m'obrissin,*
*més se m'obria una ferida*
*que ja mai podria suturar.*

Però avui no em poden fer mal. Avui no soc a l'escola, sinó a la meva habitació.

M'aixeco. Estiro amb força el matalàs del llit i el col·loco davant la reixeta de la paret, per fer de mur de contingència. És la meva trinxera, un envà que m'aïlla encara més de l'exterior. Els sons s'apaguen, queden esmorteïts. I l'habitació completament a les fosques. Negra. Nit. Res més. Com la careta final d'una pel·lícula. La imatge de cloenda del film de la meva vida, un que sembla dirigit per tothom, menys per mi. La vida em passa, em va fotent hòsties i jo les entomo totes com si res. Me les empasso, però no les digereixo.

–Prou!

*He caminat descalça.*
*He deixat que les punxes se'm clavessin.*
*Amb el cap cot.*
*Mai m'he plantat. Mai.*
*Ells reien i jo callava.*
*Cridava per dins, però callava.*
*Mereixien que m'hi tornés. Cada vegada.*
*Que em calcés.*
*Que recollís les punxes del terra*
*i els les fes empassar a ells.*
*Colpejar-los. Tornar-m'hi. Per fi.*

Aquesta és la meva venjança. Que es fotin.

M'incorporo i m'acosto al led del sostre on ara, lluny de veure-hi una càmera oculta, hi reconec clarament el sensor de l'alarma d'incendis. L'alarma d'incendis de casa.

És clar! Calaré foc a l'habitació per avisar la policia i que vinguin a treure'm d'aquí.

# 31

Jo també vull marxar, però només m'atreveixo a sortir de casa. Sempre he estat la més covarda de tots tres. Em poso l'abric i tanco la porta. Respiro. Una glopada d'aire m'infla els pulmons, sento com cada part viva del meu cos s'alimenta d'aquest oxigen; fa hores que no li dono carburant. Potser en part espero que el cos falli i em deixi tirada, però el meu motor antic és com el del maleït Cadillac: aguanta el que faci falta.

Els meus pares sempre m'ho havien dit, que era més forta del que creia, que hauria pogut fer el que volgués. Però amb disset anys vaig conèixer l'Andreu i el viatge a l'Índia, la carrera d'infermeria, els voluntariats..., tot va quedar guardat en un calaix. Tot va quedar colgat en un forat, per convertir-me en la seva dona i més tard en la mare de la seva filla.

Continuo caminant i els passos em porten instintivament fins a l'església. M'assec a la porta, amb el fred que gela, per continuar torturant-me, suposo. M'he deixat la bufanda a casa. I els guants. El meu subconscient deu voler que em congeli i em quedi rígida. Per això m'ha portat fins aquí, per apropar-me a Déu.

Trec el rosari.

Reso. Ploro. Reso. I ploro.

No sé per què he insistit a quedar-me sola aquesta nit. Per què no he trucat a algú? Però a qui?

Trec el telèfon de la bossa. Són les quatre del matí. Tinc una trucada de fa cinc hores. La germana Dolors des del número de casa de la seva neboda. És al poble. Deu haver vingut arran de la notícia de la Jana.

Dubto sobre si tornar-li la trucada o esperar a demà. Potser no hi ha demà. Faig baixar el dit per la pantalla per repassar l'historial de trucades, clico sobre la penúltima perduda i la veu de la Jana em respon després del primer to. És una veu mecànica, gravada, però la seva veu, al cap i a la fi. Suficient. Penjo i torno a trucar.

«Ara no et puc atendre, deixa un missatge i ja et tornaré la trucada quan pugui».

Em tempta molt que digui que em tornarà la trucada quan pugui. Però no em surt la veu i penjo.

Uns segons més tard, torno a trucar.

«Ara no et puc atendre, deixa un missatge i ja et tornaré la trucada quan pugui».

El pip em deixa en blanc. Li vull dir alguna cosa, vull que em truqui com ha promès. Però espero massa i la trucada es penja sola.

Torno a insistir-hi. I aquesta vegada no deixo passar ni un segon. Vomito aquella frase enquistada que carrego al pit de fa tant de temps:

–T'estimo, filla.

I penjo. Penjo perquè m'avergonyeixo de mi, de no haver-l'hi dit més quan podia. No recordo quan va ser l'última vegada que li ho vaig dir. I encara menys l'última que m'ho va dir ella. Enyoro quan ens ho dèiem cada dia, quan «t'estimo» era el nostre «bona nit», quan no costava, quan res feia mal, quan l'estómac era per ingerir menjar i no un pou on acumular dolor, quan respiràvem riures i menjàvem pastissos de crema, quan la vida ens somreia. Quan tu, Jana, em somreies. Molt enrere va quedar tot plegat. L'Andreu s'ho va endur amb ell i ara ja no queda res de nosaltres tres. No queda res de mi.

Em faig miques i començo a plorar desconsolada.

–Jana, truca'm, si us plau! Truca'm! –crido a cor obert.

Davant l'església, enmig del carrer, a les quatre del matí.

Aguanto el mòbil esperant que soni, desitjant que ho faci.

–Si us plau, si us plau, truca'm!

Semblo una autèntica llunàtica, però m'és igual.

Sento com apugen una persiana i em criden

alguna cosa en la distància. No els escolto. Ni m'immuto. Continuo mirant el mòbil, atenta a rebre la seva trucada.

—Pare, us ho suplico. Feu que em torni la trucada. Tot serà diferent, ho prometo.

Al cap d'uns segons, no sé ben bé el temps que passa, un vehicle s'atura davant meu. Els llums del vehicle em ceguen. Reconec haver vist abans aquelles ràfegues blavoses. És un cotxe de policia. Obre la porta i de dins en surt l'agent Sánchez, que s'acosta a mi. I, saltant-se tot el protocol, m'abraça. És un gest sentit, un gest de veritat. Li dec recordar a la seva mare o a la seva àvia. M'abraça, m'abraça fort, durant deu o quinze segons. Feia temps que ningú premia el seu cos contra el meu tanta estona. Feia massa temps que ningú m'abraçava, en realitat. L'afecte entre la Jana i jo també se'l va endur l'Andreu. Érem dos glaçons que de tocar-nos ens hauríem desfet. Potser era per subsistència que no ens tocàvem. Potser era per protegir-nos. Perquè l'abraçada que m'estava clavant l'agent m'acabava de fondre del tot.

—Porteu-me a casa de la neboda de la germana Dolors. —Li ensenyo el número de telèfon de la pantalla del mòbil.

Quan me'l pren de les mans, em fixo per primer cop en l'entorn: les escales de l'església estan atapeïdes de gent. Tots em rodegen com si fos una bruixa i estiguessin a punt de cremar-me viva.

# 32

Busco per l'habitació alguna cosa que pugui encendre's. I aleshores recordo que un dia a classe de tecnologia un company va fer explotar un circuit elèctric. Desenganxo l'endoll de la paret i n'arrenco els dos cables. Els pelo, els frego, però no fan cap espurna. Cap.

Corro cap al ràdio-despertador, obro el compartiment inferior del darrere i en trec les dues piles AAA. Les frego, però res. El positiu contra el negatiu, el negatiu contra el positiu. Així és com acostuma a passar sempre: «el negatiu va contra el positiu». Tot el negatiu se'm creua pel davant, i m'enfango. La meva vida sembla haver circulat per un camí de cavalls. Amb bonys i forats. Amb bonys i bassals. Bonys i més bonys.

Trec un xiclet de la butxaca dels pantalons. L'obro i començo a mastegar-lo. I salivo. Empasso glopades de saliva, com si begués aigua, suc o una infusió calenta. I mastego encara més fort per salivar més i hidratar-me la boca pastosa, la prova del meu malestar.

M'assec als peus de la finestra. Deixo l'embolcall de plata sobre la moqueta, ben bé al costat de les dues piles. I me les miro. Les observo. I no sé si és per la marea de frescor que em puja per les fosses fins a acariciar-me el lòbul prefrontal, però de cop una idea se m'implanta i comença a escampar-se: es va colant per les deformitats d'un cervell que sembla un formatge gruyère. I acabo ben empatxada per un record de la mateixa classe de tecnologia, moments abans que explotés el circuit: «Els millors conductors elèctrics són metalls, com el coure, l'or, el ferro, la plata i l'alumini».

—La plata!

No puc deixar de pensar en aquella explosió de classe. I més que calar foc a l'habitació penso que potser hauria de petar-ho tot.

Vaig estripant el paper de plata a tires primes, des d'un costat i des de l'altre. Les deixo unides, amb una fina línia, creant un rudimentari circuit d'alumini. I hi col·loco les piles a sobre. Arrenco un tros de cortina i poso una pila al costat positiu i l'altra, al negatiu. De cop surt una espurna. El tros de roba s'encén. Jo m'aixeco corrents, pujo sobre el somier del llit i acosto les flames a l'alarma d'incendis.

Res.

El foc es menja la roba en qüestió de segons i començo a cremar-me. Llavors em llanço per un coixí. Li passo la flama i la torno a acostar al sistema, però la llum vermella continua igual de vermella. I igual de silenciosa.

Insisteixo: moc el coixí encès per davant, per darrere.

–On cony deu ser el sensor?

Em costa fins i tot veure'l. A l'habitació comença a concentrar-se un núvol de fum. Dens. Estrany. Em giro i llavors veig que les cortines estan cremant, de dalt a baix. La guspira del circuit improvisat ha encès també la moqueta i el foc ha arribat fins a les cortines.

Veig les aigües de Moisès obertes, a un costat i a l'altre de la finestra. Que, en realitat, semblen les portes de l'infern.

Llenço el coixí contra les flames, per avivar-les. M'assec a les molles del llit i em quedo mirant-m'ho. Inhalo fum. Exhalo vida.

Veig com la foguera es va fent gran, i ara el matalàs també s'hi uneix.

El taronja es torna gris, es torna negre. Deixo de veure la llum de les flames. El núvol tòxic em colpeja la cara. Em marejo. Els pulmons lluiten per trobar oxigen. M'ofego.

Em tiro a terra.

L'alarma no sona, ni sonarà.

Aparto el matalàs de sota de la finestra, amb un cop de peu. I amb un altre coixí començo a colpejar el foc de les fastigoses cortines per mirar d'extingir-lo. Les flames es fonen, però el fum s'intensifica. Se'm cola ben endins. A poc a poc, començo a perdre l'equilibri, perdo el sentit, perdo la raó i caic com un sac de pedres sobre la moqueta, o el que en queda.

No vindrà ningú a rescatar-me. Ni tan sols el dimoni.

M'arrossego entre les cendres. I entre la toxicitat tan fosca, veig una llum arran de terra. M'hi acosto: és la reixeta de ventilació metàl·lica. I m'hi amorro.

Respiro.

L'aire de fora m'obre la tràquea.

La reixeta m'obre a la vida.

Però em continua retenint dins l'habitació.

Contra la meva voluntat.

Llavors m'aferro ben fort a la reixeta amb les poques ungles que encara aguanten vives. La forço, faig palanca, m'hi deixo una part de mi, però no m'aturo fins que no aconsegueixo arrencar-la. I, com una font, el fum comença a brollar de l'habitació: sembla una cascada fosca de fantasmes voleiant; com si, després de practicar-me un exorcisme, el dimoni hagués alliberat el meu cos i em deixés viure.

El mal s'allunya. Fuig. I jo l'envejo.

Trec la mà pel forat. El fred de fora. L'aire. La brisa. La llibertat.

Revisc les carícies al braç que em feia la mare de ben petita perquè m'adormís. Em transporto a aquell moment. Les respiracions s'estabilitzen i a poc a poc em vaig relaxant. Tanco els ulls i, davant meu, hi veig la mare, jove, alegre, somrient. La seva mà em ressegueix l'avantbraç, amunt i avall. Amunt i avall.

# 33

M'acaricio l'avantbraç; el nostre ritual per relaxar la Jana, però ni això m'ajuda a agafar el son.

Des del llit, sento algú remoure plats a la cuina, sembla que la germana Dolors tampoc pot dormir. Surto de l'habitació de convidats on la seva neboda m'ha deixat passar el que quedava de nit i segueixo les molles de pa sonores. Ja s'ha fet de dia.

—Gràcies per acollir-me —li dic a la persona amb bata que trasteja a la cuina.

És la germana Dolors. No l'havia vista mai sense l'hàbit: té els cabells blanquinosos, lligats en un monyo a mitjana alçada.

—T'he despertat? —s'excusa ella, entre plat i plat.

Fa cara de circumstàncies.

—No. No.

—Vols una infusió? —I comença a remoure els calaixos del costat dels fogons.

Té una olla al foc.

M'assec a una cadira i miro amunt: el sostre de casa la seva neboda també està fet de plaques de guix. Llavors ressegueixo el cable de la làmpada i en la distància, allà on hi hauria d'haver hagut la mampara, hi veig un cos. Algú penjat del sostre.

Enretiro la cadira i m'aixeco corrents. Hiperventilo.

—Estàs bé? —pregunta la germana Dolors, inquieta, movent el cap d'aquí cap allà, sense entendre res.

—I tu? —La miro amb els ulls fora de les òrbites.

I em fixo que, de l'ensurt, li he fet caure l'olla d'aigua bullent a terra. En veure que no s'ha cremat, torno a mirar allà on abans m'havia semblat veure-hi el cos, però ara només hi trobo una làmpada metàl·lica i just al darrere una figura d'un Crist crucificat a la paret.

Em deixo caure a terra.

La germana Dolors deixa l'olla a la pica i s'acosta a mi: m'agafa per les espatlles.

Encara tremolo.

—Què ha passat?

—Res. M'ha semblat veure...

M'agafa la mà per fer-me callar. I jo callo, i tant si callo. M'obligo a pensar en una altra cosa i, sense saber com, la ment em porta a una habitació d'hospital: el dia del naixement de la Jana. Ella és entre els meus braços. La miro i ploro. Ploro d'alegria.

Llavors la germana m'atansa un mocador i

m'eixugo les llàgrimes, unes que ara són ben amargues. Li dono les gràcies. Ella treu el seu rosari de la butxaca de la bata i comença amb el primer *Déu vos salve Maria.*

—Acluca els ulls —em diu a l'orella—. T'ajudarà a relaxar-te.

I jo, com un ninot de roba, li faig cas.

# 34

El brunzit d'una abella em desperta. Obro els ulls.

L'abella reina em deu venir a declarar la guerra, perquè he volgut robar-li la mel del rusc. Trec la mà del forat. Llavors m'adono que no és un rusc, sinó la paret de casa. Voltejo el cap, encara mig adormida, per confirmar que continuo tancada a la meva habitació. La porta continua sense ser-hi. Les cortines i els coixins estan calcinats. No ho he pas somiat. Les mans ensangonades em diuen que això és ben real.

Tremolant i tement el pitjor, aixeco a poc a poc la mirada cap la paret de darrere l'armari. No m'ho puc creure. La porta blindada ha desaparegut. No entenc res. M'aixeco de cop, amb la idea de córrer a tocar la paret mig coberta pel moble, que ara sembla ben llisa, i de sobte m'adono que a terra ja no hi ha porexpan, sinó roba. I encara m'inquieto més. Els peus de l'armari en són plens. I els trastos dels calaixos, tots els meus trastos, estan escampats per la moqueta.

Tot sembla haver tornat. Tot, menys la porta de l'entrada.

De fet, ara no hi ha cap porta.

Però l'animal d'ales que m'ha despertat ha d'haver entrat per algun lloc. Abans no hi era.

Mentre em moc per l'habitació, trepitjo sense voler el taulell d'escacs i feta un nus de rancúnia m'ajupo a recollir-lo i l'encasto just al tros de paret on abans hi havia hagut la porta blindada. El soroll és opac, dens, de paret sòlida. Allà no sembla haver-hi hagut mai cap porta. I si hi ha estat, puc estar segura que ja no hi és.

Caic a terra derrotada, m'acosto els genolls al pit i abaixo la mirada. M'abraço per primera vegada en molt de temps. Se'm neguen els ulls, però no em surt el plor. Respiro fort durant uns quants segons i quan torno a fer silenci, sento de nou el zumzeig emprenyador d'abellot. I això em torna a encendre!

Estiro el braç per agafar la capseta amb les figuretes d'escacs. La buido i m'aixeco a caçar-lo. Que deixi de fer soroll, ja! Moc el cap amunt i avall. Busco l'origen del brunzit. Camino amb el parany a les mans. Avanço molt lentament, però a mesura que m'hi acosto, la vibració deixa de semblar natural. D'abella. Es torna un soroll mecànic, artificial, com el d'un mòbil.

# 35

Despenjo el mòbil, encara mig adormida.

—Sí?

—Soc l'agent Sánchez. Podria acostar-se a comissaria aquesta tarda?

Em miro el canell:

Són les cinc de la tarda.

—Sí, sí. Tenen res de nou?

—Coses de protocol, suposo. Pregunti per mi a recepció. Fins ara.

I penja.

Repasso l'historial de trucades i veig les que ahir a la nit li vaig fer a la Jana. Quatre trucades. A les quatre del matí. I n'hi faig una cinquena aprofitant que són les cinc de la tarda. Com si necessités alguna excusa per tornar-li a sentir la veu.

«Ara no et puc atendre, deixa un missatge i ja et tornaré la trucada quan pugui».

I com que no en tinc prou, torno a trucar:

«Ara no et puc atendre, deixa un missatge i ja et tornaré la trucada quan pugui».

Un altre cop:

«Ara no et puc atendre, deixa un missatge i ja et tornaré la trucada quan pugui».

I un altre:

«Ara no et puc atendre, deixa un missatge i ja et tornaré la trucada quan pugui».

Fins que perdo el compte de les vegades que li truco.

«Ara no et puc atendre, deixa un missatge i ja et tornaré la trucada quan pugui».

«Ara no et puc atendre, deixa un missatge i ja et tornaré la trucada quan pugui».

«Ara no et puc atendre...» Penjo i torno a trucar.

—Agafa'l, si us plau. Agafa'l!

# 36

—Sí?

Silenci.

A la pantalla: «Número privat».

—Hi ha algú? Qui ets?

Sento una respiració. Res més.

—Necessito ajuda! Estic tancada a la...

—Al forat! Al forat! —Començo a sentir crits de fons.

—Q-qui e-ets? —M'espanto.

—Deixa de trucar al meu nòvio. Em sents? Deixa d'assetjar l'Àlex. Oblida'l...

—Però...

—Oblida'l, o tu i jo tindrem problemes.

I, abans que pugui dir res, penja.

La pantalla del mòbil mostra quatre trucades perdudes i una notificació d'Instagram. Clico a les trucades i veig que totes quatre són de l'Àlex. M'ha trucat?

Tot i l'amenaça que acabo de rebre, ni m'ho penso: li torno la trucada, però no respon. Se sent un «tirorí» i es desconnecta. M'aparto el trasto de l'orella i llavors ho entenc: m'he quedat sense cobertura. Altre cop. Haig de retornar-li la trucada, potser era urgent. Potser volia que féssim les paus... O potser era la tia aquesta provant de trucar-me des del número de l'Àlex per assegurar-se que l'agafaria. A ell li agafaria sempre.

Em moc per l'habitació aixecant el braç, com una antena massa curta. M'enfilo dalt de l'escriptori. I sento un «crec». Quan faig el gest d'intentar baixar, la taula de fusta se m'avança i s'esmicola com un castell. I jo, com a bona enxaneta, caic damunt la pinya. I quina pinya em foto. Però res del que sento és comparable amb l'ansietat de saber què vol dir-me l'Àlex. Una part de mi espera que sigui una trucada de reconciliació, que em digui que s'ho ha pensat millor i que no pot viure sense mi. Tot això mentre de fons sona la cançó de *La Bella i la Bèstia.*

En la reconstrucció imaginària de l'escena, clarament jo soc el monstre que vol retenir amb totes les seves forces el seu ostatge, bell. Això és el que ens ha passat des que estem junts, sempre he cregut que no era suficient per a l'Àlex. Mai m'hi he sentit, a l'alçada, i al final les meves prediccions s'han complert. L'he empès fora de la meva vida per por a perdre'l. Quina estupidesa tan estúpida, i alhora tan real.

Continuo la meva cerca per l'habitació. M'acosto a la finestra, ara, i el triangle escalè de la cobertura s'omple amb una línia. Sí! Recupero la pantalla de les trucades perdudes i quan col·loco el dit a sobre del nom de l'Àlex el telèfon es torna fosc.

Un número desconegut omple la part superior de la pantalla, deixant-me només dues opcions: o bé prémer el botó verd o el vermell. Però jo no faig ni una cosa ni l'altra. El cap em va a mil: qui pot ser?

Aparto la mirada, com si volgués fugir i, de sobte, per la finestra, veig una llum. El veí de l'edifici del davant està despert.

—Eeeh!

Una figura fosca, una silueta a contrallum.

Pico al vidre. El veí té la mà a l'orella. Miro el mòbil: continua sonant; un número estrany continua pintant-me la pantalla.

És ell qui em truca?

Torno a mirar-lo perplexa, intentant desxifrar si és ell o no. De cop, l'home aparta el telèfon de l'orella, miro la pantalla del mòbil i deixa de sonar. Merda. Llenço el telèfon a terra, com si cremés. I miro el trasto de lluny, fins que s'apaga la llum i es bloqueja. Aparto la vista.

Aleshores un soroll em crida l'atenció. Voltejo el cap i veig la mà de l'home colpejant el vidre de la seva finestra, amb força. Em mira. És...

—Papa?

Sí, és el seu rostre. Li reconec la fisonomia, tot

i la distància que ens separa. Sembla ell, anys més gran i sense pèl. Calb, malalt. De fet, està pàl·lid, excessivament pàl·lid.

Tot ell és una ganyota de dolor.

# 37

En sortir al carrer, una ventada gelada em colpeja la cara i m'arronso amb una ganyota de fred. Ja m'ha avisat la germana Dolors. Des de la cuina ha cridat que agafés el seu abric, penjat ben bé a tocar de la porta, però no li he fet cas. Tenia pressa per sortir, i ara que soc fora dilataria el temps tant com pogués. No sé com m'ajudarà saber què ha descobert l'agent Sánchez.

M'apujo el coll de la camisa per cobrir-me una mica la gola, que ja comença a carregar-se, i m'animo a baixar els tres graons que separen l'entrada de la vorera. Abans de travessar pel pas de vianants, però, miro a un costat i altre del carrer i aleshores, pel rivet de l'ull, em sembla veure una figura encaputxada i fosca recolzada a la paret de l'edifici de davant de casa la neboda de la germana Dolors. Fa l'efecte de fer estona que és allà palplantat. Passant fred.

El miro estranyada, però no aconsegueixo veure-li bé el rostre. Només em quedo amb el fet que és un home força pàl·lid; no em puc fixar ni en el color d'ulls, ni en les faccions. Tot passa massa de pressa:

tan bon punt s'adona de la meva presència, arrenca a córrer i s'allunya carreró avall.

Desapareix, com si no hagués existit mai.

# 38

M'allunyo de la finestra per recuperar el mòbil i torno corrents. Necessito trucar al pare. És just al bloc del davant, a l'altre costat del carrer. Però quan em situo enfront del vidre, l'home que hi veig ja no és el mateix. Ja no s'assembla al pare. Té la cara molt més arrodonida, la mandíbula sortida i la pell blanca dels pòmuls li penja, com si se li estigués desfent.

—Això és un puto malson.

Començo a fotre'm bufetades. Una. Una altra. No paro: vull despertar-me. Haig de despertar d'aquest maleït deliri. De sobte, però, l'home comença a convulsionar. Busco les últimes trucades:

«592 23 22 18 (2)»

«Número privat»

«ÀLEX (4)»

Col·loco el dit a sobre del número desconegut. I premo el botó de trucar.

Pip. Pip. Piiiip.

Ningú respon.

Insisteixo.

Miro per la finestra i no el veig, ja. Deu ser a terra.

Penjo.

Recupero la pantalla amb les últimes trucades:

«592 23 22 18 (3)»

«Número privat»

«ÀLEX (4)»

I llavors moc el dit fins a col·locar-lo damunt del nom de l'Àlex.

El cor em va a mil.

Poso i trec el dit de la pantalla unes quantes vegades, dubto sobre què hauria de fer. Miro inquieta la casa del davant, repasso totes les finestres de l'edifici, però no veig ni rastre de l'home per enlloc.

I si està agonitzant a terra?

I si encara soc a temps de salvar-li la vida?

Aparto el dit del telèfon de l'Àlex i marco el 112. M'acosto el mòbil a l'orella, mentre continuo repassant les habitacions de l'edifici del davant.

Una veu de teleoperadora em respon gairebé immediatament:

—112, digui?

—Hola? Em sent?

—Sí, sí. Quina és la seva emergència?

Tinc dificultats per endreçar tot el que vull dir i que soni coherent:

—El meu veí... Té un problema! Sí. I jo també! —A la merda, és el meu moment de demanar auxili.

—Estic tancada. M'heu d'ajudar!

—Un segon, ha dit que...?

—Estic tancada a la meva habitació. Sí, la porta ha desaparegut i...

—Més a poc a poc. Podria dir-nos el seu nom, si us plau?

—Em dic Jana Vidal. Soc al número 23 del...

—Gràcies, Jana. Ara podria repetir-me això que ha dit de la porta?

—La porta de la meva habitació ha desaparegut. No ho sé. No la trobo.

—No la troba o ha desaparegut?

—No hi és. No sé per què. Però no és per enlloc.

—I com ha entrat a l'habitació?

—Quan vaig entrar-hi sí que hi era. Però ara ja no. No ho sé. Podrien haver-me segrestat. M'han d'ajudar!

—Perdoni, diu que podrien haver-la segrestat? N'està o no n'està segura?

—No. A veure... Un soroll m'ha despertat i llavors he vist que la porta no hi era. Després m'he adonat que a sota del paper de la paret hi havia metall, com d'un búnquer. I he sentit unes veus. Semblaven els meus segrestadors, però llavors m'he adonat que... Eren en Ramon i en David d'El món interior...

—Qui són en Ramon i en David?

—És igual qui siguin. Que no m'escolta? Que estic tancada a la meva habitació i necessito la seva ajuda!

—Tranquil·litzi's. Ara mateix l'ajudarem. Podria donar-nos la seva adreça?

—Carrer Ferran Miranda, número 23.

—Esperi un segon, estem verificant les dades. Ara mateix ens tornarem a posar en contacte amb vostè.

—No pengi. No pengi!

Però efectivament la molt inútil finalitza la trucada.

Segons més tard, sento el telèfon de casa. A la distància.

—Que estic tancada a l'habitació, *joder*! Què no has entès, subnormal?

Crido, esbufego. I torno a cridar. Fort. Molt fort. De ben endins.

Com algú pot ser tan, tan incompetent?

Tot seguit, recupero l'agenda del mòbil. I ara sí que premo el contacte de l'Àlex.

El telèfon comença a sonar.

# 39

Toco el timbre de l'entrada a comissaria. Són les sis i tres minuts de la tarda.

La porta s'obre de forma automàtica i entro. L'estança és àmplia, lluminosa, les parets blanques semblen acabades de pintar, un fet que m'estranya perquè fa certa olor de resclosit. No puc evitar fregar-me el nas, com si l'al·lèrgia em previngués d'alguna cosa, però aviat em passa. Respiro, de nou, per agafar forces i m'acosto fins al policia que hi ha a la peixera de recepció.

—Vinc a veure l'agent Sánchez —li dic.

—Li ha demanat ella que vingués?

—Sí. M'ha trucat fa un parell d'hor...

—Segui, si us plau. Ara l'aviso —em talla.

Maleducat, penso per dins. Però, tan bon punt m'assec a una de les cadires de fusta de l'entrada, m'adono que potser m'anirà bé: he caminat massa. Tinc les cames adolorides. He vingut a peu des de casa de la neboda de la germana Dolors. No volia agafar el transport públic, tampoc volia que ningú m'acompanyés. Volia passejar, que em toqués l'aire. Pensava que m'aniria bé caminar, però tota la ciutat em recorda a la Jana.

He passat pel parc on jugàvem tots tres, amb l'Andreu. Després, pel restaurant on vàrem celebrar la seva primera comunió, això ja sense l'Andreu. I ara soc a comissaria, sense ni l'Andreu ni la Jana.

—Senyora Duran? —En reconec el timbre. I la dolçor de la veu.

—Acompanyi'm.

L'agent Sánchez em fa passar a una saleta de visites. Potser li podria preguntar el seu nom de pila, crec que ja hem intimat prou per saltar-me el protocol; ahir a la nit fins i tot em va abraçar. Tanmateix, avui guarda les distàncies.

La policia és un cos jeràrquic, fred, glaçat. Però estic segura que a fredor els guanyo jo: el cor se m'ha acabat clivellant de tant patir.

—Segui —em diu.

Enretiro la cadira també ben freda, feta tota de metall, i m'hi deixo caure al damunt. Em mareja el que veig: la taula és plena de fulls apilats. Semblen endreçats per temàtiques. El meu cap no pot processar-ho tot, abaixo la mirada i m'aferro fort a la bossa que tinc a sobre les cames, com si fos la barra de seguretat d'una atracció de fira que està a punt de començar.

Ella s'asseu a l'altra banda de la taula, s'acosta

una pila de papers i començar a fullejar-los. En retira un i el rellegeix. Es grata l'orella.

No m'agrada aquest gest. M'incomoda. Li arrancaria el foli de les mans i el llegiria jo mateixa.

M'escuro la gola per fer-me notar, per si s'ha oblidat que hi soc.

Aleshores l'agent deixa el full sobre la taula i em mira.

Sí que n'és conscient, de la meva presència. Potser el que passa és que no acaba de trobar la forma de dir-me el que m'ha de dir. Abraço la bossa encara més fort contra el ventre, perquè no puc lligar-me amb cinturó a la cadira i sostenir tot el vertigen que sento.

—Senyora Duran —arrenca la vagoneta—, analitzant dades, he vist que la seva filla va fer una trucada al 112. Just la mateixa nit dels fets. En tenia constància?

Primera notícia.

# 40

Primer to. Res. I, en arribar el segon, salta el contestador.

—À-àlex. Estic tancada. A-a la me-va habitació! Si us plau, ajuda'm. No-omés et-et demano això. —Se'm trenca la veu, se'm neguen les paraules i la gola se m'eixuga. No puc dir res més. Res més.

Penjo.

Llavors miro el mòbil i truco a la mare. Truco, sí, però ella no me l'agafa. Torno a insistir. Res. Sembla que no el sent, el deu tenir en silenci. Truco fins a quatre vegades seguides, segura que a la següent serà la bona, convençuda que a la següent trucada li sentiré la veu, adormida, i molt enfadada per les hores. Un «sí?» que em donarà peu a cridar-li: «Ajuda'm!». I penjarà i sortirà cames ajudeu-me. Sé que la mare ho deixaria tot per venir-me a socórrer. Tot.

Crec que de mare a filla hi ha una estima diferent que de filla a mare; també de pare a filla. Potser és més fort el que se sent cap a un fill que cap a una parella. L'Àlex m'ha trencat el cor, com el pare li va trencar a la mare. Ara, no m'imagino el cop que seria per a ella perdre'm a mi, que jo també me n'anés.

Encara avui sento que estic paint la fuga del pare. A vegades em trobo pensant en ell de forma clandestina. Perquè a casa no es parla de què va passar. No es parla del pare. I jo mai he acabat d'entendre per què em va abandonar. Era la nineta dels seus ulls. La seva *pitufa*. L'aliada en les croades contra la mare, l'aliada de les bromes que no deixava de fer tothora. Pensava que un dia mataríem la mare d'un ensurt. Aleshores la mare encara reia. Ho feia per ell, suposo. I ell, en acabar, sempre li demanava disculpes amb un petó. Ella era la dona de qui s'havia enamorat, sí. Però jo era qui l'havia enamorat després. Em picava l'ullet i ja es posava a preparar la següent malifeta.

La vida era un taulell d'escacs enorme amb jugades constants contra tots i tothom. Per sort, el pare i jo érem del mateix bàndol. La Jana i l'Andreu, «la Bonnie i en Clyde», ens deia la mare. Jo, amb tres anys, l'admirava tant; per a mi era un Déu i jo la seva deixebla número u.

Potser perdre l'Àlex m'ha fet reviure la pèrdua del pare. I és que potser l'admirava més del que hauria d'haver estat l'habitual.

*Vas marxar un dia de nit. Plovia?*
*Fa massa anys ja per recordar-ho.*
*Però encara ara a trenc d'alba t'espero.*

*Per si mai el teu vaixell es va perdre.*
*O per si vas oblidar el camí de retorn a casa.*

El mòbil comença a sonar. Despenjo sense mirar qui em truca. És igual: és el meu salconduit, la porta que li falta a l'habitació, la meva sortida d'emergència. És...

—Soc l'Àlex. Jana, deixa de trucar-me ja. Això nostre s'ha acabat, si us plau, no m'ho facis..., no ho facis més difícil del que ja és.

—Però... Àlex, necessito la teva ajuda. Estic...

—Sempre hi ha alguna cosa. No ho veus? Ja no pots comptar amb mi a tota hora.

—Que estic tancada a...

—Ara te les has d'apanyar sola, Jana. Que ets més capaç del que tu creus.

—No puc sortir, *jod*... —començo a hiperventilar.

—Bona nit, Jana.

—Àlex! —xisclo, però a l'altre costat només sento un pip-pip greu, una porta tancant-se, un salconduit cremant-se a la foguera d'una festa on jo no he estat convidada, d'una vida que sembla donar-me l'esquena, allunyar-se de mi. Penjar-me!

Perquè això és el que ha fet. M'ha condemnat. M'ha llançat al mar sense salvavides, animant-me a nedar sola: «Tu pots, ànims». *Joder*, si és el que porto fent tota la vida! Amb una mare que mai va arribar a superar que el seu marit la deixés. Jo vaig haver d'empentar. Criar-me gairebé sola. I quan crec que he trobat algú que m'estima, va i em diu que no puc comptar amb ell a tota hora? I què coi és l'amor, doncs, sinó això?

Potser l'amor incondicional del pare no val per a tothom. Menys encara per un *niñato* que ho ha tingut tot a la vida i no valora res. Què podia esperar de l'Àlex? Els seus «tstimus» eren buits. Mai vaig acabar de creure-me'ls. Per això mai vaig confiar-hi del tot. Una part de mi esperava que arribés aquest moment. Havia pronosticat el nostre final. I que jo acabaria ben fotuda.

*Pell estripada*
*que necessita ser cosida.*
*Notes de piano desafinades*
*que ericen el pèl del clatell.*
*Regalim de suor freda.*
*Polsim d'ossos secs.*
*Somnis trencats, espatarrats.*
*Riuades que exploten pel llagrimall.*
*Promeses mortes i enterrades.*
*Tu, jo, res.*
*El nostre epitafi.*

Però, i les seves trucades d'abans? Les seves quatre trucades? Pensava que significaven alguna cosa, que això nostre no havia acabat. No encara.

Miro el mòbil i reviso la llista de trucades perdudes. I llegeixo:

«592 23 22 18 (2)»

«Número privat»

«MAMA (4)»

Mama?

On abans hi deia «Àlex (4)», ara hi diu «Mama (4)». Les quatre trucades de fa unes hores no eren de l'Àlex: eren de ma mare.

Començo a fer voltes per l'habitació, com si pogués rebobinar el que he viscut i reviure-ho de nou. Tot. La taula trencada, els llibres de terra, el matalàs cremat, els llençols trencats, la sang... La sang. I, en arribar al capçal, la mirada es fixa en la tauleta de nit. I allà al damunt hi trobo el meu pot de pastilles. Dret. Buit. No recordo haver-me-les pres totes, però el pot és completament buit.

Potser és per això que no ho recordo. Potser m'he adormit fa unes hores.

—És clar, és un somni. Un fotut somni.

Agafo l'envàs i el llenço ben lluny.

I el pot impacta contra una superfície de fusta.

Em giro de cop.
La porta! Ha aparegut de nou.

# 41

—«La porta ha desaparegut», va dir la seva filla al 112. Havia patit mai algun episodi d'al·lucinacions? —em pregunta l'agent Sánchez.

—No, que jo sàpiga. Només atacs de nervis.

—I què li passava durant aquests atacs?

—Hiperventilava, i ja està.

—Deia coses estranyes? Com si delirés o somiés desperta?

—No. No podia pronunciar ni una paraula.

—I què li van dir els metges que era?

—No l'hi vaig dur mai, al metge. Li donava unes pastilles d'herbes naturals i aviat es tranquil·litzava.

—Ostres. Potser el que li passava era més greu que un atac de nervis.

—No hi crec, jo, en els metges, sap?

—No seré jo qui la faci canviar d'opinió, però penso que un diagnòstic hauria pogut evitar-li molt patiment. —Esbufega.— Almenys, conèixer-ne les causes, no?

—La culpa no la tracten els metges, sinó les esglésies. I ella no m'hi volia acompanyar mai, a missa.

L'agent obre una llibreta i s'escura la gola.

—Deixem el tema. Tinc un altre dubte: a la gravació del 112 també diu que podrien haver-la segrestat. Com va trobar-se la porta de l'habitació quan va arribar?

—Tancada amb clau. Però..., ella acostumava a tancar-se per dins. Per aïllar-se. I jo li ho respectava. El que no li vaig dir mai, però, és que jo tenia una còpia d'aquella clau.

—Com? —Deixa anar el bolígraf i em mira alçant les celles—. Per què no ens va comentar ahir que la porta era tancada amb clau?

# 42

La porta d'entrada a l'habitació està tancada amb clau!

Merda. No ho recordo, tinc un buit temporal d'unes hores, però em devia tancar per dins ahir després que marxés la mare, com faig sempre que necessito estar sola. *Joder*. Però és que ahir ja ho estava, de sola. Per què havia de tancar-me? Les maleïdes pastilles de la mare em van ben drogar. Em vaig tancar per dins i ara no sé on és la clau. O ves a saber si una part de mi no buscava just això: deixar-me KO i que s'acabés tot d'una vegada. Tancar-me i que em trobessin morta l'endemà. *C'est fini. Caput. Game over.*

Potser sí que no mereixo viure. Soc una imbècil. Una autèntica imbècil.

Busco desesperada la clau pel terra de l'habitació. Les meves coses fan de catifa i amaguen la clau a algun racó. L'han engolit, com van empassar-se els meus somnis. Remoc les caixes, la roba, els mitjons, els llibres que trobo al meu pas. Sense sort. La clau no hi és. Em llanço contra la porta. La forço de nou. Miro de fer palanca amb la barra metàl·lica del llit. Premo amb totes les meves forces, però res. No aconsegueixo calçar-la per la minúscula escletxa que hi ha entre la porta i el marc. És massa estreta o el pal massa gros. Llavors em miro els dits, més prims; molt més prims. I miro d'introduir-los al forat.

Estiro fort cap a mi. Però les ungles esquerdades no triguen a tornar-me a sagnar. Primer, sento un pessic. L'aguanto. Després, una punxada que em puja fins a l'espatlla. Continuo fent força. Em torturo de dolor, com si vessant sang pogués redimir-me, però crec que ja res podrà salvar-me.

Tot allò dolent que em passa és per culpa meva; com si ho anés buscant.

«Busques problemes on no n'hi ha. Sembla que t'agradi estar malament», recordo les paraules de l'Àlex com si fos aquí amb mi i me les estigués dient ara. Funcionarien. Sempre funcionaven. «Entre la Núria i jo no hi ha res. Estic amb tu, recordes?». Però jo no me'l creia i al final he autocomplert la profecia: l'he apartat de mi i l'he empès cap a ella.

Una llàgrima em recorre el pòmul. Deixo que llisqui avall, pou avall.

Llavors recullo el mòbil i li escric un missatge, un últim missatge: «No tornaré a ser una molèstia mai més», i l'hi envio. Àlex, ets lliure. Per fi.

Em recolzo contra la porta i apago el telèfon.

Ja no sé si vull sortir.

# 43

—Puc sortir? Necessito que em toqui l'aire.

—Sí, i tant. Li prepararé una infusió.

Llavors m'aixeco i surto de l'habitació o sala d'interrogatoris; ja no sé quin és el motiu real de la nostra trobada. I no deixo de caminar fins que arribo al carrer.

Respiro aire fresc.

M'he sentit molt violentada, com una delinqüent. No he amagat informació, jo. Ja li he dit que era habitual en nosaltres tenir la porta tancada. De fet, la teníem més tancada que oberta. I si podíem passar la clau dues vegades millor que una. Teníem una relació distant, sí, però això no vol dir que no em preocupés per la meva filla. Em preocupava..., em preocupo i l'estimo a parts iguals.

Li vaig trucar quatre vegades després de donar-li el sopar a la senyora Asunción. I, més tard, abans d'anar-me'n a dormir, dues vegades més des del mòbil de la senyora, per si la Jana s'animava a despenjar el telèfon a un desconegut abans que a la seva mare. Coses d'adolescents.

Ara bé, potser, com que no me'l va agafar, hauria hagut de preocupar-me, però sempre s'ha dit la frase aquella de: «Tot es veurà millor demà». En aquest cas, l'endemà no va ser millor, no. Mentre dormia, s'estava enfonsant el Titànic, explotava Txernòbil, es llançava la bomba nuclear d'Hiroshima, s'enfonsaven les Torres Bessones i un tsunami arrasava la costa d'Indonèsia. Jo dormia mentre el meu món (i el seu) s'anava esmicolant per segons. Dormia plàcidament, sense somiar, perquè el malson esperava que em despertés per explotar-me a la cara. Enfonsar-me, esmicolar-me, ofegar-me i erosionar-me. Rebentar-me.

Diuen que les desgràcies triguen un segon a passar, i jo vaig deixar-li dotze hores perquè cogués a foc lent.

—La culpa...

Obro la bossa, tremolant, em falta l'aire. La regiro per dins, buscant el meu pot de pastilles, però no el trobo. Intensifico la cerca, però no apareix. Llavors li dono la volta, n'aboco el contingut a terra i el pot comença a rodolar per la vorera. Desenrosco la tapa i prenc dues pastilles, sense aigua. Després m'assec a terra, recolzo l'esquena a la paret de la comissaria i tanco els ulls. Inspiro i expiro un parell de vegades.

Quan els torno a obrir, m'adono de l'escampall que he fet per terra. Ningú sembla parar-hi atenció, però. Soc invisible per la gent del carrer. Igual que passa amb els sensesostre, evitem també fixar-nos en la gent trista, per si ens encomanen.

Som l'escòria d'un món que no pot aturar-se per res, ni tan sols per plorar. Sembla que hem perdut tota la humanitat que algun dia (potser) vam tenir.

—Aneu a la merda.

M'aixeco i començo a recollir i guardar tot el que duia a la bossa. El paquet de clínex, les ulleres de sol, les claus, el moneder. I aquí m'aturo: el moneder ha quedat obert, i una fotografia de carnet de la Jana em mira. Només penso a arribar a casa i buscar tots els seus àlbums. Només tinc ganes de mirar fotos, àlbums sencers de fotos de la Jana.

# 44

Trec un àlbum de fotos i començo a arrencar totes les imatges en què apareix l'Àlex.

Fora, fora, fora.

Esborrar-ne el record i que faci menys mal. Fer un forat i enterrar-ho tot dins. En la foscor d'un ahir que mai hauria hagut d'existir. Un ahir que, en canvi, sembla més present que mai. Viu.

Miro la fotografia dels dos fent ganyotes dins del seu Cadillac vermell, l'arrenco i la llenço a la pila que ja he anat amuntegant a terra. Ara, la del petó a la galta, asseguts als gronxadors del parc on sempre anava de petita. Fora, també. I la captura d'aquell dia que vàrem coronar el seu primer cim i ell va dir que se sentia el «rei del món». L'arrenco. El meu somriure d'estúpida em fa semblar la «bufona» del regne. Potser és això el que sempre vaig ser; el que sempre he estat: la protagonista d'una tragicomèdia. Cruel i despietada.

Crua.

Salvatge.

Brutal.

És el que es diu, que les comèdies van carregadíssimes de drama, en realitat.

Els drames enganxen, són com una droga, ben addictiva. Qui està sol atrau més soledat; el malalt, més malaltia; el pobre, més pobresa. «Sempre plou sobre mullat». I jo soc un imant de càrrega negativa que repel·leix gotes de companyia.

M'aixeco fins a l'estanteria i agafo una capsa de sabates Victòria del tercer prestatge. M'acosto de nou a la pila de fotos de terra. M'assec i obro la caixa, un taüt de cartó que espera amb ànsia noves víctimes; les que guarda tenen ja massa anys: un globus vermell desinflat, amb la goma caducada de fa dècades; un dibuix rupestre de quan tenia tres anys, hi sortíem tots tres, tal com deia el títol: *Dibuixa la teva família.* Una família de tres, en què sobrava clarament una figura: la mare era ratllada.

No ho recordava, això. No recordava que fos així.

A més, entre el pare i jo, hi havia dibuixat un cor.

Vermell.

Irregular.

Amb les puntes obertes. Com un rellotge de sorra, buit pel pas de temps.

Era el meu cor. Buit. Sec.

M'estimava molt el pare. Amb bogeria. Però

amb tres anys ja havia projectat, a tall de premonició, que m'esperava un futur tèrbol. Irregular. Buit en amor. Potser una part de mi sabia que l'amor entre el pare i jo tenia una data de caducitat. El cor es buidaria després de marxar ell, després de deixar-nos.

Prou!

Plego el dibuix en quatre parts, el torno a introduir dins de la capsa i el canvio per una carpeteta de quadres blau marí i blanc, l'estampat típic d'estovalles de pícnic que a mi sempre m'havien semblat un taulell gegant d'escacs per a formigues: perquè a canvi d'engrunes de pa es jugaven un «escac i mat», s'hi jugaven la vida.

La carpeta era de la mare. L'hi vaig robar de la seva habitació fa un parell d'anys. Ella havia esborrat de casa tota presència del pare. Ni se'l mencionava. Era un tema tabú. Jo, però, el recordava. El recordava en silenci. La seva imatge era viva. Present. Seguia al meu costat. A vegades em semblava com si el pogués veure i tot. Però un dia vaig notar que la seva imatge perdia força. Color. Nitidesa. El record s'esvaïa. El perdia. Marxava. L'oblidava.

Era massa dur tornar-lo a perdre. Per segona vegada. Massa dur. El necessitava amb mi de nou. Veure'l. Per això, ara fa dos anys, vaig rebuscar per tots els racons de la casa, fins que dins d'un calaix de l'habitació de la mare hi vaig trobar aquesta carpeta. Era un baül secret amb fotografies nostres, del pare i meves. Pot ser que la mare tampoc en conegués l'existència, per això la conservava. Era sota d'uns llençols blancs, que mai van estrenar. Uns dels regals d'*ajuar* que es feien abans el dia del casament, amb les inicials dels dos: «LA», «Lídia i Andreu».

Junts sonaven com una nota musical. Un la sostingut que els anys s'havia convertit en bemoll. Moll, ben moll, perquè, sí, «sempre plou sobre mullat». Per ells dos, la pluja va acabar en diluvi; una tempesta colossal de la qual avui encara en noto els estralls.

I jo en vaig ser víctima, sí: col·lateral, però no l'única.

Obro la carpeta de quadres i repasso les fotografies del pare: n'hi ha del meu naixement, d'altres fetes al passadís de casa, mentre aprenia a caminar o quan m'ensenyava a anar amb tricicle. També de quan, ja de més gran, jugàvem a escacs al balcó. Devia ser estiu. Jo anava sense samarreta i ell portava unes sandàlies grogues, un pèl *horteres*, tot s'ha de dir.

Remoc la baralla de fotografies, esperant trobar alguna joia: un bon As de cors. I llavors apareix una instantània dels dos dalt del seu antic vehicle. L'havia oblidat per complet, el cotxe del pare. La tapisseria era fosca, de pell. I pel poc que es podia intuir de la carrosseria semblava vermella, brillant, recentment polida. El cuidava, el seu cotxe, això sí que ho recordo. Els diumenges al matí li treia *brillo*.

Al reposacaps de la imatge hi distingeixo un dibuix: es veu borrós, però s'assembla força al brodat tribal dels reposacaps del cotxe de l'Àlex. No és un element dels que venen de sèrie. El vehicle de l'Àlex era gairebé una peça d'antiquari: un Cadillac del 66.

Trec la pila de fotografies de l'Àlex i meves, i busco la que sortíem tots dos dins del Cadillac. I m'adono, llavors, que els dos vehicles són iguals. Som dalt d'un Cadillac, el mateix Cadillac en tots dos casos.

Sostinc les dues instantànies, una amb cada mà, i les observo: en les dues veig que hi sortim fent ganyotes. Cadascú en la seva foto i jo en totes dues.

El cotxe vermell, la nostra posició, les expressions... Coincideix fins i tot l'angle amb què estan preses les fotografies. De totes maneres, el que més em sorprèn no és això, sinó l'aspecte del pare: als seus trenta-dos anys, tenia una estranya retirada a l'Àlex.

# 45

—L'Àlex. Aquest d'aquí és l'Àlex Rives —dic mentre assenyalo la primera fotografia que reconec de la desena que hi ha esteses damunt la taula. L'agent Sánchez em mira inquieta, esperant que digui alguna cosa més—. Aquest nano condueix el cotxe del meu marit, el seu pare el va comprar.

—Quina relació tenia l'Àlex amb la seva filla?

—Cap. Companys de classe, diria. Però ja està.

—N'està o no n'està segura, senyora Duran?

—Que va a l'institut de la Jana, sí, n'estic segura. Que tinguessin o no relació, ho desconec.

—D'acord —diu i anota alguna cosa a la llibreta.

M'agradaria saber de quina informació disposa l'agent. Què sap que jo no sé?

Ella em mira preguntant-se el mateix: què sé jo que no li he dit.

Res. Si no he dit alguna cosa, és perquè no me l'ha preguntada. Res del que penso ara mateix té a veure amb aquest nano, en realitat. Ha estat mirar la seva fotografia de carnet i pensar en l'Andreu. Només puc pensar en ell. En res més.

Per això evito creuar-me'l pel poble, a aquest tal Àlex Rives, i més quan va amb el Cadillac. No puc ni veure'l.

Aquest nano és una còpia de l'Andreu.

# 46

Són iguals. *Joder*, són iguals! El pare, en aquesta fotografia antiga, sembla una fotocòpia –retro– de l'Àlex. Són com dues gotes d'aigua: cabells castanys clars, amb algun tirabuixó a l'altura de les celles força poblades, cara més aviat allargada, i un nas tan punxegut com el cap d'un alfil.

Miro la resta de fotografies i en totes trobo que s'assemblen en excés. No només ells dos, sinó també les imatges en si: la fotografia del cim, també hi és en versió antiga, la del petó a la galta als gronxadors, la de dins del Cadillac... Les meves fotografies amb l'Àlex semblen recreacions intencionades de les quals un dia em vaig fer amb el pare, que més tard vaig trobar amagades al fons d'un calaix, i que ja ni recordava.

Fins i tot vaig acabar ensenyant a jugar a escacs a l'Àlex.

Ho tenia tot: el cotxe, l'aspecte, el hobby, la meva admiració...

Sí, ho tenia tot. També la necessitat de marxar del meu costat.

Deixar-me.

Allunyar-se.

Fugir!

Xisclo per desfer el nus de l'estómac i començo a plorar.

–Jana, Jana...! –Una veu greu crida en la distància.

De cop, un estrèpit fa tremolar els vidres de l'habitació. M'aixeco corrents. Sona un clàxon i sento crits a l'exterior. Sembla que hi ha hagut un accident al carrer. Davant de casa.

M'amorro a la finestra. I hi veig un cotxe, ben al mig del carrer, sota la meva finestra: un Cadillac vermell ha atropellat un home. El seu cos es troba abatut a terra, sobre el ciment. Mig cos sota el vehicle. L'altra meitat, les cames, són fora: davant del morro del vehicle. Les ressegueixo fins a l'origen dels crits: són d'una nena petita de sis anys que abraça un globus vermell desinflat. Plora desconsoladament, mentre balboteja alguna cosa. Inintel·ligible al principi, que a poc a poc es va fent més comprensible:

–Papa! –diu–. Papa, papa, papa, papa!

La meva mirada va del globus vermell a les sandàlies grogues. Del globus a les sandàlies. Del globus vermell desinflat, com el que guardo a la caixeta de cartó, a les sandàlies grogues. Grogues. Sandàlies grogues i *horteres*!

I de cop ho entenc:

—Pare! —Un crit gutural em surt de ben endins.—Pare!

Se m'obre el pit: la ferida era ben amagada. Al forat.

El pare és estès a terra, sagna. Ajudeu-lo!

Llavors, les portes del Cadillac s'obren i de dins en surten l'Àlex i la Núria.

# 47

—I aquesta d'aquí és la Núria Fuentes. La filla d'uns antics amics de la família. —Abaixo la mirada.— Van deixar de ser-ho el dia que l'Andreu ens va deixar.

—Tinc entès que el senyor Fuentes va tenir alguna cosa a veure amb la seva mort. És correcta aquesta informació?

La seva mort. La mort de l'Andreu. L'agent em fot un tret al pit i després m'hi clava els dits per treure'm la bala. Però ja és tard, em dessagno.

—Ell... conduïa el vehicle que va... —Respiro profundament dissimulant la ferida que acaba de reobrir-se dins meu—. El vehicle que va... atropellar-lo.

# 48

Acaben d'atropellar el pare.

L'Àlex i la Núria surten del Cadillac. Van vestits amb la mateixa roba que a la foto d'Instagram, la de la festa de fa unes hores. Ara no s'abracen, però sí que continuen mostrant complicitat. Una complicitat típica de dues persones que sota els efectes de l'alcohol han acabat matant algú. I el pitjor de tot és que tenen un testimoni: la nena del carrer no deixa de xisclar.

Li tapen la boca perquè no desperti tot el veïnat.

Malparits!

—Que algú l'ajudi! —crido jo—. La volen mat...! —Però la veu se m'apaga.

Com més li pressionen la boca a la nena, més em costa respirar a mi.

M'ofeguen.

La Núria, encara amb la mà a la boca de la nena, desplaça la mirada fins a la meva finestra. Em mira. De forma penetrant. Ulls foscos, posseïts de ràbia i impotència. Ràbia i impotència, això compartim ella i jo. L'una per l'altra. Érem amigues per conveniència, com els casaments a l'Índia. Les nostres famílies havien pactat la nostra amistat entre dolços i licors. I ens hi havíem esforçat, per ells. Per tots ells. Però un dia ja no va fer falta que ens hi esforcéssim més. L'acord imposat d'amistat es va trencar. El licor que un dia ens va unir va ser el que també ens va separar. Les altes dosis en sang que duia el seu pare, concretament.

Començo a recordar.

El seu pare va atropellar el meu. Llavors el veig sortir del vehicle. El cotxe del carrer ja no és un Cadillac; és un Mercedes clàssic gris, no pas vermell. L'únic vermell que veig és una taca just al damunt de la matrícula. A pocs centímetres d'on resta el cos —probablement sense vida— del pare.

Tot d'una, el pare de la Núria m'assenyala. Ella deixa d'asfixiar la nena i l'imita. «Al forat», criden tots dos alhora.

«Al forat», l'Àlex s'hi suma. I, a poc a poc, comencen a sortir veïns de dins les cases.

—Ajudeu-me! —els demano des del forn encès que em crema les entranyes.

Però ells no ho fan. Tots, com zombis, alcen el braç dret per assenyalar-me. Balbucegen alguna cosa. Sons inintel·ligibles, que aviat es van transformant en una única veu col·lectiva. No trigo a entendre que vocalitzen les mateixes dues paraules: «Al forat».

Ara arriben els nens que m'ho havien cridat

abans, al forat. I reconec algunes cares conegudes entre la gentada que s'està reunint a sota de la meva finestra: alguns professors del col·le, companys de classe i, fins i tot, apareix la mare.

M'assenyala. Em culpa. A mi.

–Calleu!

Però no callen. És més, com més els ho demano, més alcen la veu.

Criden «al forat» tan fort que començo a marejar-me. Els timpans em vibren. Estan a punt de rebentar. La panxa em tremola. El soroll em sacseja per dins, cèl·lula a cèl·lula. Trontollen, col·lisionen, impacten entre si. Em torna a faltar l'aire.

La bola del pit em creix. Colpejo el vidre.

–Calleu, sisplau! Calleu!

Res. Tots ells continuen la seva croada contra mi, contra alguna cosa que he fet. Contra qui soc.

–Marxeu!

El baf de la meva boca entela el vidre, però no m'immunitza del que hi ha a l'altre costat. Continuo veient-ho, veient com em miren. I llavors noto un pessic al cor: la nena que jeia al costat del cotxe s'aixeca i s'uneix a la massa exaltada. Alça el braç i m'assenyala. I comença a cridar-me «al forat».

Com fan tots.

«Al forat».

I pel forat de la finestra de l'habitació de sobte veig que entra el morro gris del Mercedes. Sense llums i a tota velocitat. Ve directament cap a mi. El veig apropar-se a càmera lenta, molt lenta. No puc bellugar-me.

Aleshores dues mans fortes, molsudes, m'empenyen. I em tomben a terra, fora de la trajectòria que sembla que segueix el cotxe.

I sento un crit. Greu, espès, agònic. Després, un cop; també greu. Esfereïdor. I, a continuació, es fa el silenci. No sento res durant uns llargs segons. És com si un demèntor hagués xuclat el so de l'escena, el so real de la vida, i fos en una pel·lícula muda. Perquè també sembla que hagi viatjat en el temps: les meves mans pelades d'haver fregat contra l'asfalt són diminutes. Em ressegueixo les cames igual d'esquifides, fins a les sabates de xarol.

Torno a tenir sis anys.

El so retorna, com un estrèpit. De cop.

Alço la vista i em fixo en el cotxe: és només a mig metre de mi. Hi ha un globus vermell a terra, desinflat. El miro. I del vermell, passo al groc: a les sandàlies del pare. Treuen el cap per sota del morro del Mercedes gris. La resta del cos s'amaga a sota. Un bassal de sang depassa la roda del davant i s'apropa a mi, com si pugés la marea. I quan està a punt de tocar el globus m'aixeco a recollir-lo. Tremolo. Respiro a sotragades. Fora de mi. Contemplo l'escena que encara sembla anar a càmera lenta. El soroll de fons és el d'una olla de pressió: murmuris, plors, crits... I una alarma o un clàxon, no ho sé ben bé.

Llavors la porta del conductor s'obre i de dins en surt el pare de la Núria. Em mira: té la cara desencaixada. La meva mirada va de la seva cara als peus del pare. Del pare de la Núria al meu pare. M'ajupo per buscar-li la cara a sota del cotxe, però dues persones impedeixen que m'hi acosti. M'aparten. Jo m'hi resisteixo: crido i intento girar-me.

–Pare!

M'agafen amb força. Pico de peus. Xisclo.

Però els que em retenen impedeixen tossuts que vegi el pare:

–És mort.

# 49

—Per què no m'ho va dir ahir, senyora Duran, que el seu marit era mort?

—Mort... —Em tremola la veu.

—Ens ha fet perdre el temps, ho sabia? —diu l'agent Sánchez arrugant el front.

Per mi és com si no hagués passat el temps. Encara a estones em sembla veure'l entre les ombres del carrer. I, de cop, em transporto a aquell dinou de juliol a tres quarts de vuit de la tarda. La calor de la calçada em crema els genolls. Però el que em cou és el pit.

—Ho vaig saber a l'instant, que era mort. Dos veïns aguantaven la Jana, perquè no ho veiés. Jo, en canvi, m'abraçava al seu cos encara calent i em fonia amb ell. La seva sang espessa m'impregnava les mans i jo no deixava de prémer-li el pit. Intentava despertar-lo, com fan a les pel·lícules. Sense cap sentit. Ell ja no hi era. Però jo no m'ho podia creure. No m'ho volia creure. Ni tan sols, ara, m'ho crec. A vegades em miro les mans i em veig allà reanimant-lo. D'altres, en sento l'olor: una flaire metàl·lica m'impregna el sentit i, per molt que em renti les mans, no me'n puc desfer. Ha quedat gravat a foc.

—Sé què és —diu l'agent amb una mirada furtiva, com qui sepulta un cadàver al marge d'una carretera i marxa de pressa perquè no el vegin.

—Ah, sí?

—I com ho va viure la Jana? —Canvia de tema. Enrere ha deixat ja aquella petita escletxa de comprensió que s'havia obert momentàniament, i prem l'accelerador.— N'ha volgut parlar mai?

—Tenia sis anys. Ni ho recorda.

# 50

Ho recordo tot.

Sacsejo el cos amb força per desenganxar-me dels veïns que m'agafen. Vull veure el pare, el vull veure un cop més. Però, quan aconsegueixo girar-me, m'adono que soc a un altre lloc: a una església, il·luminada només per la llum tènue d'unes espelmes. Camino pel passadís del mig, al costat de la mare. Hi ha molta gent a banda i banda dels bancs, abaixo el cap. Vestida de negre, duc el mateix calçat de xarol. Em fixo ara en la minúscula taca de sang que hi ha a la punta d'una de les sabates. I em paro.

—Mare!

Ella continua avançant, no em sent.

—Mare?

S'allunya. Passadís enllà. No m'escolta.

Torno a la sabata i aleshores el terra de sota els meus peus comença a trontollar. La intensitat augmenta. Les rajoles acaben cedint: s'obren i caic dins. Descendeixo metres i metres, fins que impacto contra el sòl. És tou, de sorra. Humida. Molla.

Llavors començo a sentir unes veus, venen de

lluny. Em costa entendre què criden. Semblen murmuris.

Miro amunt, al punt de llum rodó, metres i metres amunt, i això em situa: ja no soc a l'habitació. No: soc dins d'un forat. Literalment. Al forat, com em cridaven les veus. I per fi les entenc: «Al forat», diuen. «Al forat». El pou de foscor on he viscut tota la meva vida.

La meva tomba.

De cop, però, el forat per on entra la llum es tapa i tot es torna fosc. Sento el so d'una corriola moure's, les cordes grinyolen com si baixessin un pes pesant. Aviat m'adono que es tracta d'una caixa de fusta massissa de dimensions humanes: un taüt. És el pes de la mort, el que grinyola. I quan arriba a la meva alçada, puc llegir la placa gravada en metall brillant: «Andreu Vidal».

M'hi acosto i llavors la llum torna a canviar: som al menjador de casa. La caixa presideix la sala, que sembla més aviat un museu de tants retrats com llueixen les parets. Hi ha molta gent al voltant. Me'ls miro des de baix: torno a tenir sis anys i quedo rebaixada a l'alçada de les butxaques. Ningú s'adona de la meva presència. El pare és mort i ningú s'acosta a consoiar-me. Soc del tot invisible.

Aleshores, la mirada que em llança la meva tieta en la distància m'ho fa entendre tot.

# 51

—Sap si se'n sent culpable? —L'agent Sánchez sembla més psicòloga que policia.

—No ho sé.

—Aquesta informació podria ajudar-nos a esclarir els fets.

—Per què ara? Vull dir, després de tant de temps, per què creu que la Jana hauria reaccionat ara?

—La ment humana és un òrgan molt complex.

—Aquesta creença ha fet rics molts psicòlegs.

—I més que n'hi hauria d'haver. Si a la Jana l'hagués visitat algú abans, potser ara no seríem aquí.

I una merda.

—Puc marxar ja? —esclato.

L'agent es rendeix. Tanca la llibreta i mou el cap, sense ni mirar-me.

Jo enretiro la cadira i surto corrents. Travesso la porta d'entrada a comissaria i continuo caminant. No em freno: camino i camino, sense rumb.

Passo per davant del parc dels gronxadors, la gelateria on compràvem el cucurutxo de mora, la guarderia on la Jana va aprendre a cantar *La lluna, la pruna,* l'església de la seva primera comunió. Semblava un àngel.

M'endinso al parc dels pícnics d'estiu. I recordo el dia que ens va enganxar aquell xàfec i vàrem acabar ballant sota la pluja. Vaig estar, després, tres dies amb tiretes a la panxa de tant de riure.

Respiro l'olor de roure i penso en el bressol que vàrem fer a mà, perquè no teníem ni un duro, però sí moltes ganes de ser pares. Només d'il·lusió no s'és mare. I ara ja no sé què soc.

Travesso el pont i fixo la vista en el riu on sucàvem el cul. I on l'Andreu fins i tot nedava una mica mentre jo em quedava fent pastetes amb la Jana amb el fang de la riba.

M'hi acosto. El llot encara hi és, però els nostres castells no són més que un record borrós que l'aigua i el pas del temps s'han emportat.

Encara amb la mirada perduda, recorro la riba amunt i avall, desenterrant relíquies. Estirant el fil de reminiscències que creia fossilitzades. Perdudes. Oblidades. I, tot d'una, com em passava aleshores, sento la Jana que em crida. I jo em llenço a l'aigua, vestida.

—Jana, ja vinc. Ja vinc.

# 52

—Vine, Jana, acompanya'm —em diu la mare.

Deixem enrere la sala plena de gent i pugem les escales fins a les habitacions. M'agafa de la mà; no de forma afectuosa, no: m'aguanta fort per assegurar-se que no marxo. Balbuceja alguna cosa, però no aconsegueixo entendre què.

Mira endavant, fixament, absent. Sembla fora de si.

Un calfred em recorre el clatell. Sento por.

Ella obre la porta de la meva habitació i hi entrem. Torno a la presó. Però tot i ser la mateixa cel·la té un aspecte diferent: està decorada amb dibuixos infantils. Meus. La mare em fa seure al mig de l'estança, de cara a la paret on aleshores s'arraconava el llit.

Buida un pot amb peces de Lego que s'escampen per terra.

—Juga —diu i s'allunya.

La sento moure's darrere meu, però no em giro, sé que no ho haig de fer. Munto un pont amb les peces blaves. Després una torre de vigilància amb les verdes i uneixo les dues construccions. Busco la figura d'una nena entre les peces de terra i la col·loco al capdamunt del pilar de deu plantes. I, de cop, la meva perspectiva canvia: em veig a mi de petita davant meu aguantant la torre de Lego. La mare és darrere, en un segon pla. Es mou per l'habitació: enretira els dibuixos que guarneixen la paret, i obre i tanca calaixos. Veig que selecciona amb cura alguns objectes i els col·loca dins d'una capsa de fusta. No puc veure què exactament. Sembla que els amaga.

Llavors, en un acte reflex abans de fer el següent pas, desvia la mirada cap a mi, cap a la nena que continua d'esquenes jugant a terra. I com si res d'allò anés amb ella, tapa la capsa i s'enfila a una cadira. Enretira una placa de guix del fals sostre i hi amaga el recipient a l'interior, entre les bigues i la coberta.

Em torna a mirar. Jo continuo jugant, però en realitat la veig. Ella no sap que jo la puc veure sense girar-me. Que sé que hi amaga una caixa, allà dalt. Que en conec el lloc concret. Que no sé com és que ho puc veure, que simplement ho faig.

La mare fa cara de pensar que és un lloc segur. Així que acaba la feina: recol·loca la placa al seu lloc, com si res hagués passat, i baixa de la cadira.

—Marxem? —em diu, seca.

—Vull continuar jugant. Puc?

—Potser sí que és millor que et quedis aquí.

# 53

Haurien hagut de deixar que m'ofegués. Hauria estat el millor.

No puc carregar amb més culpa. Ja no. El meu cos pesa, com si fos de plom. Per això m'enfonsava al riu. Era el soldadet sense vaixell de paper, esperant retrobar-se per fi amb la seva estimada ballarina. Així m'he sentit cada dia des que aquell cotxe es va endur l'Andreu. No li tocava. No. Hauria hagut de ser el meu cap el que la roda va trepitjar, no el seu. Però mai he estat prou espontània, jo, ni prou valenta. Soc covarda fins i tot per posar fi a la meva vida.

L'Andreu i la Jana sempre ho van ser més que jo, de valents, i ara m'he quedat sola amb la culpa cada vegada més espessa, més feixuga, més tortuosa.

—Com es troba, senyora Duran? —diu un infermer i, sense esperar que contesti, empeny la llitera en direcció a l'ambulància.

«Decebuda. Com esperes que em trobi?», penso. «Per què no m'heu deixat morir?»

Tanco els ulls, resignada. Necessito dormir.

—Obri els ulls —sento que em diu ara una segona veu.

Tot es torna blanc: em sento a les portes del cel. Sempre l'havia imaginat així, el paradís. Però ben aviat m'adono que no és Sant Pere qui s'adreça a mi per concedir-me l'entrada a l'Olimp, sinó un segon infermer amb llanterna. M'il·lumina les pupil·les. Primer la de l'ull dret i després la de l'esquerre. Em cega.

# 54

Una ràfega de llum em cega i em quedo sense veure-hi res durant uns segons.

Quan recupero el sentit, veig que torno a ser a l'habitació: la mateixa que m'ha tingut captiva les últimes hores. La porta continua tancada. Corro a obrir-la, però res: tot continua igual de caòtic. Mai he sortit d'aquí, en realitat; he viatjat a capes profundes d'uns records que no sabia ni que existien. Que vaig oblidar per protegir-me. Per poder continuar vivint, potser. Perquè, qui pot viure amb aquesta càrrega? Creient-se el botxí d'aquell a qui més estima. Jo vaig matar el pare. Vaig ser jo. Jo i el globus carregat de somnis. Hi corria darrere per mirar d'atrapar-los. I van rebentar-me a la cara.

Recullo la goma vermella i desinflada de terra i la guardo a la capsa de sabates. Llavors alço el cap. Miro de detectar la placa de guix on la mare va amagar altres records del pare just el dia de l'enterrament. Devia voler esborrar qualsevol presència d'ell de la meva vida. Potser per protegir-me, també. O per protegir-se ella, perquè així mai li preguntés pel pare i ella mai hagués d'explicar-me que vaig ser jo «qui el va matar».

Ara entenc moltes coses. Ara ho entenc tot.

Recullo el llistó més llarg d'entre les restes de fusta de l'escriptori trinxat de terra i l'alço contra la placa de fals sostre. Faig força cap amunt fins que el requadre de guix es desenganxa. L'empenyo cap a un costat i el sostre queda esdentegat, però des d'on soc no aconsegueixo veure què s'hi amaga. Aixeco, de nou, el llistó de fusta i començo a furgar. El forat sembla buit.

No pot ser. Necessito trobar tot allò que la mare em va robar: els records del pare. Per què me'ls va amagar? Volia protegir-me o castigar-me? És el que passa amb els silencis, que amaguen més que mostren. Menteixen en veu baixa, però ho fan a crits. I ara ja és tard. No sé si mai podré perdonar-la. Em va mentir; el seu silenci ha estat la seva gran mentida. I potser, qui ho sap, també el que m'ha mantingut viva tot aquest temps.

Colpejo amb força el llistó de fusta contra la planxa de guix contigua a la qual acabo de retirar del fals sostre, per ampliar el forat. Les mans em tremolen. *Jo he mort el pare.* Les llàgrimes em neguen els ulls. *He mort el pare.* Li clavo un altre cop ben fort a la placa de guix. Un polsim cau, com si nevés. *He mort el pare.* Dos rius em reguen ara els pòmuls, com si diluviés. Mentrestant, continuo colpejant el sostre amb violència, com si amb cada impacte pogués reanimar-lo, salvar-li la vida. *Jo he mort el pare. Jo he mort el pare. He mort el pare. Jo. L'he. Mort.*

Pum.

Un tros gros de guix es desploma del sostre. I, just després, cau també la capsa de fusta. L'impacte contra el terra n'escampa el contingut. M'hi llenço al damunt i regiro inquieta entre els records que vaig perdre: dibuixos de les nostres excursions. Esquemes de jugades mestres d'escacs. Els mitjons d'anar a caminar i la cantimplora. Una llibreta de contes escrits per ell. I també una gravadora.

Premo el play.

—Recorda que el peó, al principi, pot avançar dues caselles.

És la veu del pare.

—Així? —contesta una veueta.

Soc jo. Amb quatre anys.

—Has de dir la lletra i el número, Jana.

—Ai, sí. E2.

—I aquest peó el mous a...?

—E4.

—Molt bé. Jo mouré el peó a l'E5. Et podria capturar?

–Mmm... –Faig una pausa i acabo dient–: No. Només es mata en diagonal, oi?

–Exacte. Però no es mata... –El pare riu.– Als escacs, es captura.

# 55

Llançar-me al riu ha estat una bajanada. Si volia un escac i mat, havia d'haver saltat des de dalt del pont. «Per arribar a fer escac i mat calen moviments valents», deia sempre l'Andreu. I els meus eren conservadors. Jo protegia el centre del taulell, mai avançava. Jugava a la defensiva. Visc a la defensiva. Espero a trobar-m'ho tot al damunt per fer alguna cosa, però llavors ja és tard. «Has d'avançar-te tres moviments». La seva veueta se'm repeteix tota l'estona. Ho hauria hagut de preveure. «Cada moviment parla, només cal escoltar». Però jo havia estat sorda i cega. No havia vist res.

Truquen a la porta i una infermera entra a l'habitació.

—Vinc a canviar-li l'oxigen. Ah, i li porto una visita...

Darrere seu, treu el cap l'agent Sánchez, va vestida de carrer.

—Hola —xiuxiueja ella.

—Hola —faig jo, sense ni mirar-la.

Ella s'acosta a la finestra sense dir res.

La infermera s'afanya a canviar la bombona;

deu sentir tant com jo la pressió d'una cambra que en qüestió de segons s'ha convertit en una olla, una de ben concentrada, a punt d'explotar.

—Les deixaré soles —diu, només acabar, i surt per la porta. La tanca.

L'agent continua mirant per la finestra. S'ha fet fosc ja.

—Ha descobert res? —Trenco el gel.

—No estic de servei, ara, senyora Duran.

—I què hi fa aquí, doncs?

—Em preocupa.

—Aquí em cuiden bé.

—Ja. —Fa una llarga pausa.— Té algú amb qui passar tot això, senyora Duran?

—Em pot dir Lídia.

—Jo soc l'Eireen.

—No és d'aquí? —La miro, estranyada.

Ella segueix d'esquenes.

—La meva mare era irlandesa.

—Era? Em sap greu...

—No es preocupi. Va ser fa anys. —Inspira.— La meva mare em recorda molt a vostè, sap? —Es gira i, ara sí, em mira. Té els ulls plorosos.

—Què li va passar?

—No ho va suportar. El meu pare era policia i també va morir. El van atropellar, com al seu marit.

Un alcohòlic se'l va emportar un dia sortint de la prefectura. No el va veure travessar el pas de vianants. I el va... matar. –L'Eireen empassa saliva. Em fixo que ressegueix la gemma dels dits amb el polze, una vegada i una altra.– Per això em vaig fer policia...

–Per seguir els seus passos –intento endevinar.

–No. Per caçar tots els alcohòlics al volant, i que no tornés a passar mai més. –Somric. Ella camina fins a col·locar-se als peus del llit i continua.– Suposo que em vaig equivocar. Vaig pecar d'il·lusa.

–I... què va passar amb la seva mare?

–Precisament per això soc aquí. Necessita ajuda, Lídia, i no em refereixo a ajuda mèdica. Li vam oferir el suport d'un equip de psicòlegs i el va rebutjar. I avui ha intentat... Bé, ja sap què ha passat.

–He caigut. –Em poso tota digna.– No cregui que volia...

–Sí que ho volia. I ho puc entendre. –Em mira amb els ulls encesos.– Perdre aquells a qui més estimes és el més dur que hi ha. I... –Torna a resseguir les gemmes amb el polze.– La culpa ens persegueix per sempre.

Es torna a fer el silenci. Però ara m'assetja, m'incomoda. I dic:

–Què faria amb la seva mare, si encara hi fos a temps?

Empassa saliva i diu:

—La ingressaria en un centre.

—Jo no necessito un centre —em queixo.

—Els alcohòlics controlen fins que se la foten. I amb la depressió passa el mateix.

—Potser és el que vull: fotre-me-la. —M'incorporo, mirant-la.— Em vull morir.

—Ja, però... —M'agafa la mà.— Què creu que voldrien l'Andreu i la Jana?

# 56

—Jana, escolta'm —continua dient la gravació del pare. I jo l'escolto com si m'ho estigués dient en directe. Gairebé em sembla veure'l, veure'ns jugar a escacs plegats. Asseguts a terra de l'habitació. Al nostre racó—. En començar, has de protegir bé el centre.

—Puc moure el cavall?

—Has de moure el cavall.

—I la reina?

—La reina és la peça més important, Jana. Fins que no protegeixis el rei, és millor no moure-la.

—És com la mama?

—Protegeix els altres, com fa la mama, sí.

—Si la mama és la reina de casa i tu el rei... —La nena de la gravació fa una pausa, com si cavil·lés alguna cosa.— Jo quina figura seria, papa?

—A casa nostra hi ha dues reines, Jana. La mama i tu.

—Oh. Llavors, jo també et protegiré, papa.

«Jo també et protegiré». Miro la gravadora, que encara sostinc amb les dues mans. I em trobo un tros de vidre del mirall trencat que se'm deu haver clavat al tou de la mà esquerra quan gatejava per l'habitació removent trastos. Me l'arrenco. Té forma de ganivet.

Va morir intentant protegir-me ell a mi.

Acosto el vidre al canell esquerre. I ressegueixo una de les dues cicatrius que surten en direcció l'avantbraç. L'acaricio amb el tros de vidre, per sobre la pell, com si fos una ploma suau. Mentrestant, per dins, no deixo de repetir-me: «Jo el vaig matar. Jo el vaig matar. El vaig matar».

I, en una d'aquestes, el vidre es clava a la pell i comença a brollar sang.

—Ho sento, pare.

—Escac i mat —diu la Jana de la gravació—. He guanyat.

Llavors, premo amb força el vidre i el faig avançar per l'avantbraç. La pell s'obre. La sang glopeja. M'entren arcades. Faig un segon tall paral·lel al primer i aparto la mirada. Em tombo a terra. Panxa amunt. I continuo escoltant la veu del pare. Em parla a cau d'orella. M'explica jugades d'escacs mentre les imagino a les plaques del sostre, que s'han convertit en l'últim taulell d'escacs que ja mai compartirem.

Alfil blanc a F4. Peó negre a E6. Cavall blanc a E3.

Les plaques del sostre s'il·luminen, dibuixant una L.

Alfil negre a B4, diu després el pare... I ara ressalten uns requadres en diagonal.

Sento que el pare torna a moure el cavall blanc. Però ara em veig a mi de petita dalt dels cavallets de la fira. Sempre escollia el mateix cavall, el blanc. El pare també seguia sempre la mateixa estratègia d'escacs.

Al meu sostre, però, el cavall no es mou en línia recta sinó en cercles. L'habitació sencera comença a girar sobre si mateixa. Gir rere gir, converteixen el sostre en el plat rodó de macarrons i allà torno a veure-hi les figures d'escacs dretes. Penjant sobre meu. Trossos gegants de macarrons em cauen com estalactites. El pare veia escacs a tot arreu. I jo, ara, també.

De cop, es produeix un tall en la gravació de la partida. El pare interromp el seu discurs, s'interromp a si mateix:

—Hola, Jana —És la seva veu, però sona diferent, com si hagués gravat al damunt de la cinta en algun altre moment, fora de les nostres classes.— Quan escoltis això, el més segur és que jo ja no hi sigui.

»Jo també vaig créixer sense pare. —Sospira.— No li vaig perdonar mai que no hi fos. I no voldria que això et passés a tu també. Però hi ha coses que no depenen de mi. La vida és una gran partida d'escacs, i m'han llançat la primera amenaça. No sé quant trigaré a arribar a l'escac i mat. Només sé que és qüestió de temps. Un temps que no vull desaprofitar amb tractaments. Vull esprémer la vida fins a l'últim dia; seguir amb les nostres partides d'escacs. Per això m'acomiado per aquí. Perquè confio que serà el primer lloc on em busquis. I sí, aquí em trobaràs sempre. Et continuaré guiant, encara que no em vegis. Hi continuaré sent, des de dalt –Fa una pausa.– Ah, i cuida la mama, eh? Ara us necessitareu més que mai. –Llavors se li trenca la veu.– T'estimo.

I es fa silenci. Tres segons de rigorós silenci. Sento un sospir, profund, com si fos el seu últim alè i la gravació torna a canviar: em sento a mi, de nou, movent l'alfil; després, avanço el cavall. Soc jo de petita qui mou fitxes, perquè el meu jo d'ara no pot moure res. Estic paralitzada. Rebobinaria la cinta per tornar-lo a escoltar, només tinc ganes de sentir la veu del pare. El seu comiat.

Agafo forces per parar la gravació. I rebobino la gravadora.

Dos moviments, dos botons, un mateix dit.

–Aquí em trobaràs sempre. –Torno a sentir que diu.– Et continuaré guiant, encara que no em vegis. Hi continuaré sent, des de dalt.

–Des... de... dalt. –Repeteixo. Allargant les

lletres, dilatant el temps. Assimilant les seves paraules.– Des de dalt... –Aixeco el cap.– El forat.

Aturo la cinta. I m'incorporo.

He perdut molta sang.

Arrenco un tros de llençol, me'l lligo al canell i l'estrenyo ben fort per fer parar l'hemorràgia.

«Cuida la mama –Sento el pare repetir-se'm dins.– Ara us necessitareu més que mai».

Quanta raó tenia.

Ell era qui ens empentava a viure. Ens cuidava, a la seva manera, però ens havíem acostumat que ens cuidés.

Sense ell, ens necessitàvem. Ens havíem necessitat tot aquest temps i només ens havíem empentat l'una fora de la vida de l'altra. Trobar-lo a faltar a ell ens havia aïllat encara més. Ens havíem fet transparents. Invisibles.

Ens havíem fet falta tots aquells anys, però cap de les dues ho havia sabut demanar. Ens vam empassar el crit de socors, fins que ja no tenia sentit cridar-lo.

Al final sembla que la mare i jo no som tan diferents com creia. Trobo que en realitat som bastant iguals. Massa iguals, de fet. El pare sabia que l'espiral se'ns empassaria. Que les dues soles seríem incapaces de gestionar les nostres emocions. Ell es va trobar a soles amb la seva mare –l'àvia–, quan el seu pare va marxar, i devia saber què era: dues persones no fan tres. Dues fitxes protegeixen bé el rei. Una de sola, no. I això era el que ens havia passat. Ens havíem quedat soles. Desprotegides.

M'aixeco i torno a mirar amunt: al forat de dalt, al sostre.

He de sortir d'aquí, i cuidar la mare. És el que el pare hagués volgut.

Era el seu últim desig.

# 57

—Tant de bo sabés quin era el seu últim desig —li contesto a l'agent Sánchez.

—Hem trobat aquesta gravadora. —La treu de la bossa i me l'ensenya.— Escolti.

Prem el play: «Cuida la mama. Ara us necessitareu més que mai».

—Sembla que l'Andreu volia això.

—On...? —pregunto—. On era?

—Entre les coses de terra de l'habitació de la Jana. Un equip ho ha estat analitzant tot. I... creiem que la Jana va escoltar aquest fragment just abans...

—Abans de...? —M'ennuego.

No podia haver estat això, el motiu, la raó per la qual la Jana fes el que va fer.

Li pesava la culpa? A totes dues ens pesava. Potser a ella encara se n'hi sumava una més: la culpa de no haver complert amb l'últim desig del seu pare, cuidar-me. Però jo era la mare. Ella només era la filla. *Era.*

—Sabia que l'Andreu estava malalt? —L'agent em torna a la realitat.

—Com?

—Crec que li deixaré la gravadora i l'historial mèdic de l'Andreu...

—Mèdic?

L'agent m'entrega una carpeta amb un logotip a conjunt amb els llençols.

L'obro i em fixo en l'única paraula en majúscules del document: *CÀNCER*.

Després, llegeixo «metàstasis» i «negativa de tractament».

L'Andreu s'havia negat a tractar-se.

L'Andreu havia salvat la Jana, per no deixar-me sola. S'havia llançat sota el cotxe, perquè la Jana continués viva. «Ens necessitàvem». En canvi, cap de les dues havia sabut cuidar l'altra. No havíem sabut cuidar-nos sense l'Andreu. I ara ja és tard: no queda ningú a qui cuidar.

# 58

No havia sabut cuidar la mare. Ella i jo no ens havíem entès mai. No ens enteníem. Perquè en realitat ens enteníem massa, ens vèiem reflectides com en un mirall. I això ens repel·lia.

Camino fins a col·locar-me sota el forat del sostre. És massa amunt. No tinc manera d'enfilar-m'hi. Els mobles, me'ls he carregat, com he fet amb totes les coses de la meva vida.

M'enfilo per una canonada de gas que puja paret amunt, per arribar a tocar el sostre. Però no aguanta el meu pes, cedeix i s'acaba partint. Llavors comença a emanar-ne gas.

Sortir de l'habitació es torna, de cop, més urgent.

Als escacs, hi ha moviments ràpids que serveixen per guanyar una partida, em dic mentre estudio el taulell del sostre. Em fixo llavors en la làmpada que penja al mig de la sala. Estiro la mampara i tot l'aparell cedeix uns centímetres, l'altura perfecta per poder desenganxar-la. Recullo de terra la barra metàl·lica del llit que he fet servir abans, moc la placa de guix del sostre i la faig caure.

Hi deixo un forat, pel qual sortiré.

Estiro els cables fins que m'arriben a l'alçada del pit, i me'ls lligo al voltant del cos com una bandolera: els passo per sobre l'espatlla esquerra i per sota l'aixella dreta. Tenso bé els cables i estrenyo fort el llaç. M'asseguro que aguantarà el meu pes i començo a enfilar-m'hi, com si es tractés d'una liana. No m'imaginava que l'exercici de pujar la corda que tant insistien a fer-nos practicar a educació física algun dia serviria d'alguna cosa. Que aquest moviment em salvaria la vida.

Faig força amb els braços per aixecar el meu pes, però cada agafada a la corda es fa més costosa. Desenganxo el braç dret del cable i impulso el cos amunt. M'enfilo uns centímetres. Poca cosa. Em costa respirar: massa pes i massa gas. Les dosis de propà van en augment, les noto en cada inspiració: m'intoxiquen. Accelero la fuga. Insisteixo. Ara és el torn del braç esquerre: l'estiro amunt, m'agafo a la corda de fils i impulso el cos. Uns centímetres més.

Tinc la placa del sostre a tocar. Estiro el braç dret. La suor em regalima pel palmell de la mà. L'eixugo amb els pantalons i torno a estirar el braç. La mà acaricia la placa de guix contigua a la qual he tret fa un moment. Amb un impuls més aconsegueixo agafar-m'hi. I no sé com, acabo col·locant-hi també la mà esquerra. Després els colzes. I, a poc a poc, m'adono que he conquerit suficient terreny per començar a pujar la resta del cos. Premo els colzes contra la part superior de la placa de guix i m'impulso per entrar a l'espai que hi ha entre el fals sostre i les bigues reals de l'estructura. I, com si sortís d'una piscina, fujo del pou en què s'ha convertit la meva habitació: una piscina de gas que amenaça d'ofegar-me.

L'habitació sembla haver-se conjurat contra meu, per assegurar-se que no marxi. Però ja estic a punt de fer-ho. Molt a prop. Pujo les cames i, quan tinc gairebé tot el cos sobre la placa de guix, aquesta cedeix i es desploma.

Caic jo també.

Els cables eviten que el meu cos impacti contra el terra, com sí que fan les peces de guix que s'han desprès del sostre. Quedo penjada. El pes del meu cos, en la frenada, tensa els cables. Aquests s'estrenyen. El llaç es comprimeix, puja —o jo baixo, no ho sé ben bé—, fins que el cordill de cables acaba aferrant-se fort a la meva gola. El braç dret, que havia introduït dins del llaç bandoler, amb l'impacte s'ha escolat, i només hi ha deixat la mà, dins del nus. Mitja mà dreta i el meu coll. La trena de cables em pressionen la tràquea.

M'ofego.

Miro d'alliberar espai. Estiro els cables, per separar-los de la gola, per deixar-me lloc per respirar, però la tensió del meu pes és més alta que la força que puc fer amb les mans. Busco algun punt de suport a terra, per aguantar-hi el cos i treure pressió a la corda que m'asfixia, però no hi trobo res.

Res. *Joder*. RES.

Aixeco el braç esquerre per intentar recolzar-me a la placa del sostre més propera, però fins i tot aquesta queda massa lluny. I cada moviment que faig tensa encara més els cables. M'angoixo. M'ofego. Em costa pensar.

De cop, sento un soroll. Ve de darrere. Intento voltejar el cap amb les poques forces que em queden. I, pel rivet de l'ull, intueixo alguna cosa: la porta és oberta.

Algú l'ha obert. Hi veig una silueta borrosa. Potser és la mare que ha arribat de casa la senyora Asunción, però la figura a poc a poc va agafant forma. Una altra forma. És massa menuda per ser la mare. Massa baixeta.

Miro d'enfocar la vista i llavors me n'adono: soc jo de petita.

Em miro a mi mateixa amb tristesa.

—Ajuda'm —balbucejo, girant mínimament el cap.

Em ve tos. «Ajuda'm», li crido per dins. Però la nena no es belluga. Em mira des del marc de la porta; ni tan sols s'atreveix a entrar a l'habitació.

Entra!

No sembla entendre què passa.

No fa res per ajudar-me.

Res.

Em mira, em vol veure morir.

Se m'acaba el temps. Torno a fer esforços per agafar-me a la placa del sostre. Intento girar-me. Amb la mà lliure, m'agafo al cable que penja, on estic lligada, però aquest no deixa d'estrènyer-se. M'ofega cada vegada més. El nus fa de tap a la gola. La sang m'infla la cara i deixa de circular per la resta del cos.

Les mans em pesen. S'entumeixen. Deixen de respondre'm.

Crido amb totes les forces, però no em surt cap so.

Tusso. Això sí que surt.

Grunyo.

Em resisteixo.

I de cop, darrere la nena, hi apareix el pare.

El pare.

Em mira fixament. També.

Tots dos em miren. Quiets, durant uns segons.

Fins que, per fi, noto que es belluguen.

No pas per ajudar-me, però.

La nena petita i ell es donen la mà.

Abaixen el cap i tanquen la porta.

Foto un crit des de les entranyes i tota la fúria continguda de tots aquests anys per fi veu la llum.

Crido. Xisclo. Udolo. Bramo.

Després, em surten uns sons anguniosos.

Uns rugits ofegats.

Més tard, arriben les convulsions... Seguides d'uns ofecs guturals.

I, finalment, l'últim sospir.

L'últim.

Aviat no se sent res més que silenci.

Silenci. Calma. Descans. Pau.

# 59

Només vaig sentir silenci. Calma. Descans. Pau.

Em pensava que dormia. Eren les vuit del matí. Vaig obrir amb clau la porta de l'habitació de la Jana. Era habitual que fos tancada; allò no em va fer sospitar. Ja he dit que pensava que dormia.

Va ser la taca fosca de la cantonada inferior de la porta el que em va estranyar. Semblava calcinada. Després vaig notar l'olor de fum; una olor que es confonia amb d'altres que no vaig entendre fins més tard: l'habitació de la Jana era l'infern. A l'altre costat de la porta, tot havia estat remogut, els mobles desmuntats, trencats... Semblava l'escena d'una batalla campal: cortines cremades, el paper de la paret pelat, el guix rascat, foradat, gotes de sang a la moqueta, als coixins.

També hi havia sang al braç de la Jana. Li regalimava pel palmell de la mà esquerra. Era el primer que es veia, en entrar.

Ella em donava l'esquena.

El seu cos em donava l'esquena.

El cap abatut.

Un cordill lligat al coll.

Penjava del sostre.

On abans hi havia la làmpada, ara hi penjava la Jana.

El cos sense vida de la meva filla.

Era l'únic que quedava d'ella.

I l'únic que ja mai més tindria.

Això, i un forat enorme al pit.

# Agraïments

La idea d'aquesta novel·la es va engendrar en una habitació petita d'un pis compartit que vaig llogar a Los Angeles, quan hi vaig anar a estudiar cinema. Gairebé no feia vida fora de l'habitació perquè la propietària vivia, literalment, al menjador. M'havia llogat la seva habitació i ella dormia, menjava, treballava i veia sèries a l'únic sofà que hi havia a la casa.

Gràcies a aquell pis —on no vaig durar més de dos mesos—, la història que heu llegit va anar agafant forma fins a convertir-se, primer de tot, en un guió de cinema.

Arran de conèixer la Muriel Villanueva i el Roger Coch vaig animar-me a fer del guió una novel·la. Gràcies a tots dos. Al Roger, per desfer la soledat de l'escriptor, mostrar-me com afrontar el text sense frens i obligar-me a buscar temps per a l'escriptura més personal. I a la Muriel, per ajudar-me a emmudir les pors i donar-me l'empenta que em calia per deixar anar el manuscrit i enviar-lo al món.

Gràcies a la Laura Gonzalvo, a la Clara Comas,

a la Carme Bertran i a la Gemma Cateura, per llegir els primers esborranys de la novel·la. El seu entusiasme em va fer continuar escrivint fins al final (i després reescriure-ho, és clar). També a la Paula Jarrin, a la Romina Queralt, a la Sílvia Plana, a l'Helena Soler i a la Maria Giberga que en diferents moments del procés van revisar fragments d'El forat que deixes. Elles també formen part dels inicis, quan tot això de publicar en paper només era una fantasia.

Gràcies als meus companys de la NYFA de Los Angeles: Terah Jackson, Marie Devautour, Leonardo Wittmann, Rosemary Lokhorst, Cecília Ribeiro i Francisco Baca, per anar llegint la història a mesura que me l'inventava (en format guió, l'any 2015). També a l'Ariel Boroff, que va devorar el primer esborrany del guió a dalt d'un avió de camí a Utah quan anàvem a celebrar el 4 de juliol americà. Thank you, my sister, for everything!

Gràcies als meus pares, al meu germà i a l'Anna, perquè sempre estan pendents de mi i dels meus projectes. I a la mama: no m'imagino una millor "primera lectora" de tot el que escric.

Gràcies al Marc Moreno, per llegir el manuscrit en quatre dies i creure tant en la novel·la com per voler-la publicar. Mil gràcies! També a la Irene Solanich i a tot l'equip de Llibres del Delicte, per acompanyar el llibre en tot moment i convertir-lo en aquesta preciositat que teniu entre mans. Un somni fet realitat.

Gràcies a tots els lectors i lectores, per reglar-me l'oportunitat de viure d'allò que tant m'apassiona: explicar històries. Sense vosaltres res d'això tindria sentit.

I milions de gràcies al Frank, per ser-hi sempre.

**LLIBRES**DEL**DELICTE** és un projecte editorial independent que aposta per la literatura de gènere negre en català i reivindica el talent de les escriptores i escriptors del país. Gràcies per llegir *El forat que deixes* i contribuir a la visibilitat de les autores i autors que escriuen en la teva llengua.

www.llibresdeldelicte.com